我的美的世界

[日本] 森茉莉 著
谢同宇 译

译林出版社

图书在版编目（CIP）数据

我的美的世界/（日）森茉莉著；谢同宇译．一南京：译林出版社，2022.6
（森茉莉作品）
ISBN 978-7-5447-9006-2

Ⅰ.①我… Ⅱ.①森… ②谢… Ⅲ.①散文集－日本－现代 Ⅳ.①I313.65

中国版本图书馆 CIP 数据核字（2021）第 268766 号

著作权合同登记号　图字：10-2018-177 号

我的美的世界　［日本］森茉莉／著　谢同宇／译

责任编辑　王　玥
装帧设计　ZUOE
审　　稿　梁艳萍
校　　对　戴小娥
责任印制　颜　亮

原文出版　新潮社，1984
出版发行　译林出版社
地　　址　南京市湖南路 1 号 A 楼
邮　　箱　yilin@yilin.com
网　　址　www.yilin.com
市场热线　025-86633278
排　　版　南京展望文化发展有限公司
印　　刷　江苏凤凰新华印务集团有限公司
开　　本　890毫米 ×1240毫米　1/32
印　　张　8.5
插　　页　2
版　　次　2022 年 6 月第 1 版
印　　次　2022 年 6 月第 1 次印刷
书　　号　ISBN 978-7-5447-9006-2
定　　价　49.00 元

目　录

贫穷的美食家

买梦的故事

反人道主义颂

真奢侈

贫穷的美食家

菜肴与我

狗尾草籽儿捋下来当“米饭”，拍碎的玉兰花瓣团成“肉丸”，红凤仙花榨汁做成“葡萄酒”……桌上摆着这些菜肴，客人是位穿着友禅染[1]和服，系着黄绿色无花纹折纸腰带的“大家闺秀”。为了用彩色铅笔画她，我参考了老杂志《三越》里的彩页，又模仿了与谢野晶子[2]给我的千代纸上的花纹。从玩这豪华的过家家游戏时起，我似乎就喜欢动手做菜。

其实，我喜欢吃自己做的菜，而不大喜欢在一旁看别人享用我做的菜，哪怕对方是我的丈夫或儿子。我对菜肴的喜爱，其实带着摒除母爱的西方个人主义。如果有朋友称赞、佩服我的手艺，我也会为他们下厨，条件是我也一起吃。去医院探病的时候，我也是带双人餐。

我只是觉得做菜很快乐，快乐得不可思议。

银色的锅子里，透明的开水冒泡、翻滚，雪白的鸡蛋在水中沉浮……这让我感到快乐。

左手端着煎锅，右手也不闲着：放入黄油，打散鸡蛋倒进

1　发源于日本京都的传统印染法，用于制作纹样华丽的高级和服。——译注（如无特别说明，本书脚注皆为译注。）

2　与谢野晶子（1878—1942）：日本女诗人、作家、教育家，和平主义者和社会改革家。

锅内，稍后用筷子轻轻搅拌，做出各种形状……鸡蛋渐渐变成黄灿灿、胀鼓鼓的煎蛋卷，这让我感到快乐。

我擅长做“天然煎蛋卷”（不加任何调料的煎蛋卷）和“香草煎蛋卷”（加香料的煎蛋卷）。我是一个彻头彻尾的烹饪爱好者，切过荷兰芹的新砧板冲洗后残留的浅绿色印痕也令我感到快乐。

除了煎蛋卷，我还有别的拿手菜：波尔多蘑菇（鲜香菇用黄油煎过，撒上切成粉末的荷兰芹），粉丝蔬菜肉汤（巴黎的房东太太亲口传授的独门秘菜），蒸白肉鱼德国沙拉（明治时期德国杂志上出现的野战食品，据传威廉二世亲自做了这道菜让军队吃。），台町式牛肉火锅（之所以叫“台町式”，是因为我的婆家在三田台町。公公的小妾以前是新桥吉三升的艺伎，我曾向她请教精致菜肴的做法。），鲷鱼醋拌小芜菁，海参醋拌萝卜泥，用鲷鱼、葱和裙带菜做成的白酱拌菜，用金枪鱼、葱和裙带菜做成的红酱拌菜，用银鱼、土当归和干贝等做成的清汤，用沙丁鱼丸和萝卜片加醋做成的清汤，等等。

由于篇幅所限，我不能把拿手菜全部列举出来。不过，我平日吃的无非是简单的德国沙拉、蔬菜肉汤和煎蛋卷，那感觉就像一个独处的大厨给自己做简单可口的小菜吃，或像精养轩[1]的厨师放弃讲究，用陶壶泡咖啡喝一样。

前几天，我给住院的朋友送去台町式凉菜。对于我许久以来无处施展的手艺来说，那倒算是一种安慰了。

1　明治年间开业的高级餐馆，经营法国菜，位于东京上野公园内。——编注

鸡蛋菜肴

我左手拿着黄油微微冒烟的煎锅，右手把磕在红茶杯里的鸡蛋先后倒入。当微黄的透明蛋清渐渐变成半透明、边缘开始发白、变干，一对泛着红光的浑圆蛋黄隆起来，令我联想到它柔软的内在。我盖上锅盖把火关小。那对蛋黄披着一层蛋清的薄膜，朦胧中透出红色——鸡蛋背面要煎得焦一点。

鸡蛋出锅后，以蛋黄为中心若有似无地撒上一点点盐和胡椒粉，盛在边沿颜色仿佛掺入了少许玫瑰色的鸡蛋壳的西洋盘子里端上餐桌，摆在面前。这时的我，除了酱油瓶倒了或电话铃响，此外的事一概不予理会；因为我要履行趁热将鸡蛋送入口中的义务。我拿起匙子，灵巧地切下完好无损的蛋黄，点上少许酱油，舀起蛋黄，囫囵个儿送入口中。这种用餐举止不太优雅，因此在别人家我不这么做。即便在餐馆，我也只在附近的馆子这样吃鸡蛋。

有的馆子用馅饼盘做煎鸡蛋或火腿蛋，而且直接连盘端上来，那样又烫又好吃。用馅饼盘做的煎鸡蛋，会让我想起我巴黎寓所的食堂。那是个简陋的长方形食堂，后院散落着煤渣的空地传来鸡鸣声。在那里，我们吃勉强咬得动的牛排、炸牛仔排（虽是炸肉排，但法国的炸肉排不加面粉、鸡蛋和面包糠，就是普通烤肉。不知为什么，只有那种炸牛仔排很软嫩。）、淋了沙拉调味汁的贻贝、边上枕木似的部位（鳍边肉）又长又宽的大怪物似的比目鱼，还有土豆洋葱沙拉。不过，我偶尔对房东太太杜佛夫人说："我吃坏了肚子，请给我做鸡蛋。"杜佛夫人便钻进厨房，不久就垫着围裙边儿抓着盘子走出来，说声"当心烫哟"，把盘子从我旁边递过来。她也常用馅饼盘烤白沙司花椰菜，很好吃。花椰菜不是高档蔬菜，我们那处廉价寓所也没少用它。

说到巴黎的鸡蛋菜肴，我想起一家专做鸡蛋菜肴的餐馆推出的"鸡蛋冻"（菜名我忘记了）。那道菜很讲究，用的是日本上等冷菜里用的那种清汤。汤中加明胶稍稍凝固，随后加入半熟鸡蛋；在凝冻的汤汁中，半熟鸡蛋清晰可见。那是夏季时令菜，因此夏天要外出去哪里坐坐的话，我常提议去那家餐馆。自己也不是不能做鸡蛋冻。可以用牛肉熬取高汤，等汤开始凝固时，把热水里的半熟鸡蛋移进去（再加一点芹菜末儿增香），然后把汤晾凉；但想想就觉得麻烦。我不爱做费工夫的菜，能不能做出那家巴黎餐馆的味道也是个问题。

话题从我屋里的煎鸡蛋跑到了巴黎，偏离了正题。不过话说回来，我认为煎鸡蛋既不适合用来搭配面包，也不适合做米饭的配菜，我是把煎鸡蛋当作一道独立的主菜来吃的。之后我用印有花朵图案的红茶杯喝红茶（我在意大利的美术馆看过波提切利的《维纳斯的诞生》，画上那些散布在天空和大海中的小玫瑰让我着迷。杯上的花朵图案就像那些小玫瑰。），嚼烤面包。我讨厌烤面包上涂黄油，出于营养上的考虑，有时拿它蘸汤吃。如果是夹西红柿和生菜的三明治，我会涂上足足的黄油。但烤面包涂黄油就会隐约散发出我讨厌的咸味脆煎饼的味道。

一天早上，我在厨房里煮鸡蛋。银色的锅子里，沸腾的水翻滚着银色的光，雪白的鸡蛋在其中沉浮。我心里感觉很快乐，快乐得想唱歌。

又一天早上，我在厨房里做煎蛋卷。黄油在煎锅里融化、冒烟，我把三个打散的鸡蛋倒进去。鸡蛋开始凝固，我立即用筷子轻轻搅拌；搅拌两次后，我晃动锅子。当锅里的蛋皮煎至半熟时，我把蛋皮折成三层，撒上盐和胡椒粉，煎蛋卷就算做好了。如果有牛奶，我会放一点进去。用黄油做煎蛋卷，我一般不加调料；用猪油做煎蛋卷，我会多放胡椒粉少放盐，并且倒上日本酱油。据说巴黎的餐馆雇用厨师时会让应聘者做“天然煎蛋卷”。谁能做好这不加任何调料的煎蛋卷，就录用谁。不谦虚地说，我自信能做好煎蛋卷。不过，巴黎的餐馆要是雇我当厨师可就坏事了——什菜牡蛎冷盘、栗子填火鸡、炸小牛排、深褐色鸭血酱炖煮的鸭肉、烤蜗牛，这些菜我一道都不会做。

从小我就喜欢用鸡蛋做的菜肴，包括生鸡蛋拌热腾腾的米饭，所有种类的鸡蛋菜肴都让我喜欢。我至今还留有幼时的味觉记忆。用牛肉糜和鸡蛋做的Fricandeau[1]是我最喜欢吃的。

我喜欢鸡蛋，不单喜欢它的味道，它的形状、颜色也非常让我喜欢。在街上看到码成堆的新鲜鸡蛋，即使没有拿它做菜

1　一道法国菜，鸡蛋、洋葱、牛肉糜混合调成肉馅，用锡纸包起，烤熟后切开浇汁摆盘。

的计划，我也不由得想买，想拿在手上端详。雪白的蛋壳有细微的凹凸，让我联想到新积雪的表面、压平的白砂糖，它与英国瓦特曼等上好的西洋纸、与法国手工书的书页也是相似的。白中带红的蛋壳也漂亮，极薄的蛋壳会让我想到西班牙铁丹红的土地上千家万户的墙壁颜色；而略带玫瑰色，隐约有白色斑点的蛋壳最为美丽。鸡蛋的形状、颜色不知为什么，总让人感到宁静平和，我喜欢这份感觉。而蛋黄颜色中蕴含的趣味，每次烹调、品尝，也都带给我新鲜的感受。

法国人在复活节把煮鸡蛋的外壳染上深红、蓝、黄、绿等颜色，放在篮子里摆上餐桌。光是想象那光景，都让我觉得快乐。复活节庆典时，在空蛋壳里塞上剪得细细的五彩纸屑，然后糊起来。小伙子把蛋扔在路过的姑娘身上，或从窗口把彩蛋往穿露背套装的姑娘身上投，弄出一场乱子来。我一直想亲眼看看复活节庆典，可惜恰恰在火车上错过了那一天。第二天，我到了波尔多，走上街头，只见彩色的小纸片被早上的小雨打湿，沾在人行道上。雨后行人寥寥的城区，似乎也还隐约飘荡着昨日年轻人快乐的喧闹声。那是一个海滨城市，在那里我只停留了一天。如今提起波尔多，我的眼前就会浮现当时的情景：雨后阴云未开，隔着层玻璃似的视野中映出大步走着两三个水手的黑沉沉的港口，以及沾着复活节纸片的潮湿的灰色路面。

或许是生来嘴馋，读小说或剧本时，食物描写容易给我留下印象。在夏目漱石的小说中，蛋糕借用了“卵糖”二字表示，并注上原有的假名读音。那两个借用字似乎过于诱人，我有时会想到别的点心，而不是蛋糕。

在《大鼻子情圣》[1]中，糕点铺老板拉格诺最喜欢诗，每天都即兴作诗，并用打草稿的废纸包面包和点心卖。有一首诗是这样写的：

拿起三四个鸡蛋／煎成焦黄色／杏子馅饼做好了

我感觉比起其他部分，那首诗我记得更清楚。而在美国推理小说家范·达因的小说中，主人公是一个与作者本人相似的侦探。他喜欢吃鸡蛋蒸白肉鱼，并让自己中意的仆人做那道菜，那道菜似乎真的很好吃。

看电影也是一样。当我看到让·迦本咬了一两口烤鸡就匆匆跑到楼上时，我觉得他真可怜。在美国电影中，农家餐桌上堆得满满的金黄色鸡蛋松饼也会给我留下印象。半熟鸡蛋则经常出现在福尔摩斯和华生的早餐桌上。

对于我这样的人来说，读名著、看著名影片似乎有点浪费。不过，如果哪本小说或哪部电影让我对菜肴、点心和饮料之外的内容印象深刻，那它或许真算得上是名著或经典影片了。

小时候，有一天我走进父亲的房间，发现父亲在薄薄的日本纸上用墨汁描画餐具和菜肴，并用颜料上色。我为父亲与自己一样边画边涂而感到十分开心。其实父亲一直在研究怀石料

1　法国诗人、剧作家埃德蒙·罗斯丹的著名喜剧，又译《西哈诺·德·贝热拉克》。——编注

理，那天他找来旧书，不知怎么就开始进行摹绘。父亲似乎也喜欢鸡蛋。旅途中留宿别人家时，他似乎吃腻了家常饭菜，便上街买来鸡蛋，打在米饭上吃。父亲吃半熟鸡蛋的时候，用象牙方筷的棱角"喀喀"轻敲蛋壳，灵巧地剥开鸡蛋。孩子们看着觉得有趣，便也让父亲给剥鸡蛋。

前面谈了不少嘴馋的话题，最后不妨写一写我常做的几道鸡蛋菜肴的做法。

1. 荷兰芹煎蛋卷。荷兰芹煎蛋卷与法国的"香草煎蛋卷"有异曲同工之妙。"香草煎蛋卷"是把各种好闻的叶子放进去煎，荷兰芹煎蛋卷则是把切碎的、渗出绿汁的荷兰芹与鸡蛋混在一起煎。
2. 俄罗斯沙拉。土豆和胡萝卜切成小丁煮，青豌豆用罐头装的，生洋葱切碎，白肉鱼煮好后去皮，鸡蛋煮硬后剁碎，最后拌上沙拉调味汁。如果没有优质橄榄油，不妨只用醋调味，那样也好吃。最近，我喜欢只用醋调味。如果想做比较高档的沙拉，鲷鱼、比目鱼、虾，大概都是不错的食材。不过，鲐鱼的味道也不错，而且更有俄式农家菜的风味。吃俄式沙拉时，喝啤酒很合适。
3. 面包黄油布丁。把鸡蛋和牛奶（十个鸡蛋配一百毫升牛奶）倒入锅内，再把切成大块的面包（三天前的面包）投入其中浸泡，过一会儿点上火，用饭勺上下轻轻翻动。渐渐地，面包染成蛋黄色，鸡蛋凝成糊状。当面包块和锅底有点焦时，把锅从火上端下来（煎面包前别忘了在锅里加两三滴香草精）。

4. 清汤蒸鸡蛋。先用白果和鸭儿芹做蒸蛋羹，再用勺子舀起来放进碗里，最后倒入清汤。
5. 凉拌蒸鸡蛋。先用同样的方法做出蒸蛋羹，再把蛋羹晾一晾，用勺子舀起来盛在盘里，最后像做生鱼片一样加上青芥辣和酱油。
6. 煮鸡蛋。（1）菠菜煮过后用黄油炒，炒好后盛放在盘子中央。鸡蛋煮硬后切成圆片，摆放在菠菜周围，鸡蛋周围则撒上切成小丁并用黄油炒好的面包皮。最后，把鸡蛋尖尖的一头放在菠菜上面，做出帽子的形状。（2）把煮硬的鸡蛋切成圆片，用酱油、酒和少量糖略微一煮。

除了俄罗斯的鱼肉沙拉，其余的几道菜都好吃，大致合大家的口味。其中既有日本特色菜，也有高档菜，还有小吃。至于那道鱼肉沙拉，情况有所不同。如果你吃不惯法国、德国、意大利、俄罗斯等国的家常菜（不是所谓的西餐），也许一读“鱼肉沙拉”几个字就会感受到一股腥味。不过“百读不如一尝”，如果你自己做着吃，它准保没有腥味，而且保证可口。我让没有去过西方国家的人吃那道菜，屡试不爽。德国似乎早就有俄罗斯沙拉，据说威廉二世曾在战场上做那道菜让士兵们吃。而在郊外的餐馆，俄罗斯沙拉配上好吃的烤面包和啤酒几乎就是一顿午餐了。

德国与啤酒

慕尼黑的皇家啤酒馆，支撑天花板的粗柱子之间满是砧板似的桌子和喝啤酒的人群。皇家啤酒馆不像日本的啤酒馆，没有人把心思分给啤酒之外的东西；人们不会一边喝酒一边嘀嘀咕咕地说公司和家里的事，也不会在回公司的路上挤时间过来喝酒。在那里，只有一心一意喝啤酒的人。就像孩子得到允许可以在星期天玩耍一样，德国男人喝啤酒得到了公司、妻子和上帝的允许。比银座的狮子啤酒馆大三四倍的皇家啤酒馆，是啤酒和人的世界。又粗又红的胳膊上生着金色汗毛的女招待挽起衬衣袖子，把桶里的啤酒“咕嘟嘟”倒进大啤酒杯，又用大木铲迅速刮掉冒出的泡沫，端着啤酒“咚咚咚”走过来。诸如对贫困生活的不满、对缺少爱情的不满、对当不了“某某小姐”的不满，不会出现在她们脑海里。她们只有一个念头：“本姑娘（不是“我”也不是“人家”）在端啤酒”，回到家后，把壮实的胳膊支在桌上大口喝啤酒，然后去洗衣服、约会，或给父母帮忙；就是这样的感觉。总之在皇家啤酒馆，人和啤酒以外的东西全都失去了存在感；只有豪迈地斟满的啤酒，以及豪迈地喝啤酒的人。下酒菜是大块囫囵烹制的猪肘或香肠，蘸着芥末酱吃，也相当豪迈。

啤酒馆外，喝啤酒仍几乎是德国人每天都要举行的庆祝仪式。无论是歌德、莫扎特、弗洛伊德、马克思·瑞恩哈德、赫伯特·冯·卡拉扬，还是街上的约翰尼斯老头、邻居恩斯特和情人索菲、对门的律师盖姆，他们都有一股啤酒味。也许，病人也把药粉用啤酒冲着喝。

德国人喝啤酒的方式，我很喜欢。喝啤酒，非酣畅淋漓不可，来不得半点小气。在巴黎，喝葡萄酒是国民每天的“庆祝活动”，不过他们也经常喝啤酒。大人带孩子去咖啡馆问孩子喝什么，孩子就会噘着薄薄的、玫瑰色的小嘴说“啤酒”。欧洲人爽朗，不像日本人那样阴郁，我认为这是他们日常喝的饮料里含有适度酒精、既便宜又好喝的缘故。

不过，我本人不能痛痛快快地喝啤酒；用汽水杯子喝上半杯，我的脸就会红得像酒吞童子[1]。啤酒、苦艾酒、茴香利口酒、威士忌、白葡萄酒都是我爱喝的美酒，而可怜的我只能像品酒一样小口啜饮。

---

1 日本民间传说中的妖怪。

我喜欢的东西

大文豪夏目漱石似乎舔尝过果酱。我则经常舔尝炼乳。最近我更讲究了，把绵白糖放进无糖炼乳中来舔尝。那时的我仿佛置身天堂，柔柔的甜味一直蔓延到我的神经。小时候的牛奶香气会从记忆中苏醒吗？……推理小说家阿加莎·克里斯蒂用“像猫舔了牛奶一样”形容一个人背地里得了便宜而得意微笑的表情，而我用匙子舀牛奶喝时活脱脱就是那副样子吧。

至于清酒的气味，我甚至讨厌跟喝了清酒的人待在一间屋里。不过，如果是以前新桥、柳桥的艺伎和那些优秀的演员、说书艺人，即“sya”和“si ka”（以前人们将艺伎和演员戏称为“sya”，将说书艺人戏称为“si ka”）待的屋子，坐坐倒也好。他们的一起一坐、斟酒动作，都无疑传达出一股考究的美感。

我喜欢的洋酒是白葡萄酒（莱茵河流域出产的莱茵葡萄酒，或在涩谷找到的格拉夫葡萄酒，据说龙土轩会加这种清淡的葡萄酒到菜里。至于拉菲堡红葡萄酒、伊甘庄园白葡萄酒的味道，我已经忘得一干二净了。），是可可利口酒，是苦艾酒。至于威士忌，我尤其喜欢它的香气。据说好的威士忌有木桶的香气，有一次我忽然感受到那种香气，那一定是我的幻觉：那是三百四十日元的托利斯威士忌！

淡茶[1]、红茶（立顿牌）、上等煎茶[2]（玉露茶没有清淡的味道）、瑞士或英国产的巧克力片、战前的威化饼干、现做的上等抹茶细砂糖点心，都是我喜欢的。至于粗茶、咸味脆饼干、花林糖[3]，我不是很喜欢。不知为什么，我讨厌平民化的东西，那些非常有钱、开口就是"平民、平民"的人也让我讨厌。我想如果那些老市民听到别人"尊称"自己为"平民"，大概会嗤之以鼻的吧。

我最爱的香烟牌子是菲利普·莫里斯，或战前的金蝙蝠。因为有个长得像布里亚利（法国电影演员）的小说人物，我感觉他像是会抽菲利普·莫里斯的，所以我喜欢上了这种烟。喜欢的奶酪是荷兰奶酪和小瑞士奶酪（表面的发酵牛乳较硬，整体呈小三角形，一块块用锡纸包着，吃的时候加一点糖。），这比上等点心还好吃，可惜日本没有。黄油烤比目鱼、比目鱼刺身、奶汁炖菜、清淡的炖蔬菜、加白糖的炖胡萝卜、番茄肉汤、俄罗斯沙拉、八杯豆腐[4]、蚬贝三州味噌汤，也都是我喜欢的。

或许是嘴馋的缘故，就连毛衣的颜色，我也喜欢胡椒色、可可色、日本栗的颜色、覆盆子雪糕色等，这些颜色都适合我。我喜欢一切味道和颜色都甜美柔和的东西，喜欢那种"雅致的甜"。

1　粉茶的一种，用新茶树的茶叶研磨而成。

2　煎茶，日本代表性的绿茶，用蒸汽熟制茶叶。后文的玉露茶是最高级的煎茶。

3　表面裹砂糖的油炸面点。

4　豆腐切条，加水、酱油和清酒煮成的汤菜。

点心的故事

记忆中有一种点心，沉淀在明治静谧的光影中，有红白相间的、澄澈的浅绿的、黄的、朦胧的半透明樱花粉的，那是谜一般的花样点心——有平糖。

硕大嫣红的牡丹、淡红的樱花、尖儿红红的樱花花苞、泛点绿或茜草色的橄榄色叶子、散发着肉桂味道的浅茶色枝条，还有红白相间的缎带打成的花结。

那些“花束”色彩鲜艳，底下垫着白纸，躺在母亲苍白而纤长的手上。每次母亲都从中折两三朵“樱花”和几片“牡丹花瓣”，给我当零嘴。那一刻，午后的阳光透过玻璃门照入室内，淡红的“樱花”、绿色的“叶子”和嫣红的“牡丹”明净闪亮，宛如威尼斯玻璃或波希米亚玻璃的碎片。

法国大作家马塞尔·普鲁斯特追寻失去的时光，用手心感知、确认往昔，以使其重现。他喜爱幼时在姨婆家尝过的小玛德莱娜点心，而有平糖就是我的小玛德莱娜。

天长节[1]那天，父亲从宫中带回来的白棉布包袱唤起了我心中的美梦。我解开包袱，里面静静地放着状如绯红色羽叶甘蓝的上等日式草饼、掺淡茶粉的琼脂下透出蛋白和山药做的仙

1　日本庆祝天皇诞辰的节日。

鹤的羊羹、鲜红的外皮上粘着冰糖渣的豆沙馅点心。明治时期，文学家的稿酬并不多。那些亮晶晶的点心差不多都是别人送的，而我们家常吃的是本乡和青木堂的马卡龙、葡萄干饼干、用锡纸包装的巧克力、水果糖、蜂蜜蛋糕等。一位远方的朋友经常给我们家送东西，比如又白又甜、味道像上等蜂蜜的薄荷糖，还有无核白葡萄干，这些东西每年都给我们家带来一次欢乐。

如今，我常吃的点心变来变去，眼下是下北泽青柳店的“半生点心”[1]。半生点心就像一个淡黄色的栗子，里面包着上好的栗蓉。美中不足的是，或许是要使用新鲜栗子的缘故，这种半生点心只在秋冬之交的两三个月内供应。青柳店还有一种梅花形的半生点心，淡红色的糯米皮包着白豆沙馅，上面撒满了白色的罂粟籽。这两种半生点心，每隔三天我就会各买十个。除了半生点心，平时我还吃桃山饼；桃山饼品质优良、味道讲究，连出生于明治年间的我也挑不出什么毛病。卖桃山饼的商店，代泽有一家，下北泽有两家。即使在一家店里忘了买，在别的店里也能买得到，这对我来说很方便。还有“雪霰”，它虽是大批量生产的廉价点心，却味道清淡、品质上乘，我也喜欢吃。

可不知为什么，我爱吃的物美价廉的点心也好，我爱用的称心如意的肥皂也罢，但凡我喜欢的东西，厂家准会停止生产；而我也无可抱怨，毕竟糕点厂不是专门为森茉莉这个老婆子做点心的。

1　半干型的日本点心。

饼干

我懂一点法语，“饼干”用法语写出来就是“Biscuit”。

在我的印象中，“Biscuit”一词好像来自英国，法国人保留了原有的拼写，而将其读作“bisukyu”。我想用英语说的东西只有饼干，所以“Biscuit”应该算我用英语写的。我原本不喜欢英语，因为在女子中学学的那点法语已经刻在了我的脑子里，而我又不懂别的外语。况且英语单词中有一大堆字母不发音的情况，这让我很恼火。还有英语单词的读法，学过法语的人怎么也想不出为什么要那样读，这也让我恼火。比如“Pie”，在英语中好像读作“pai”，可我总觉得它读作“pi”。“Pie”怎么不念“pi”呢？每次在咖啡馆盯着菜单，我都会不高兴。尽管讨厌英语，我却唯独不想用法语讲“饼干”和“小烤箱”这两个词。因为我觉得，饼干是英国的东西。最好的饼干是英国产的：看上去硬，嚼起来脆，有一丝黄油和牛奶的香气，还有优质面粉的味道。

读小说、看电影的时候，我也会被那些有趣的内容吸引。不过我实在嘴馋，小说、电影中的饮食场面鲜明地留在了我的脑海里，经久不散。美国电影中首先会出现大饭店的早餐桌，接着会出现一把银壶；透亮的深褐色的咖啡从壶嘴汩汩涌出，我心里发出一声惊叹：多么诱人的咖啡！我忘不了让·迦本电影中的烧鸡，忘不了希区柯克电影中农家餐桌上的掺水烈酒和堆成小山的松饼，也忘不了福尔摩斯晚餐桌上的凉拌鸭肉和白兰地咖啡。而当我读黑岩泪香[1]翻译改编的一本英国小说时，那位贵族给含冤入狱的女儿送她平时吃的饼干的情节打动了我。那是什么样的饼干呢？……我眼望虚空，浮想联翩。

我虽然喜欢法国，却觉得英国的面包、红茶和饼干最好（然而，我去伦敦时惊讶地发现，英国的菜肴和除饼干之外的点心都不好吃）。有一次，一位从京都回来的朋友送给我两斤[2]京都市面上卖的英国面包。那四天里，每天早上我都吃面包配红茶和火腿蛋的英式早餐，感到心满意足。至于红茶，我一般喝一直读我的小说的那位姑娘送的纯英国产红茶。（她有意大利古典素描中的天使一般的面庞，身上那件素净的意大利雨衣好看又得体，肩上挎着一只素净的皮包。她是安东尼·博金斯的影迷，和我谈起博金斯就有说不完的话。）就像酒鬼醉酒一样，我会被那种红茶的香气弄醉。那时我露出陶醉的目光（我自以为那是陶醉的表情，别人却以为我在发呆），带着一份好心情写小说。

饼干一定要又硬又脆，并且要适当薄一点；嚼饼干的时候，饼干要有口感，云母状的细粉末要散落在胸前或膝上；饼干要有优质面粉的味道，还要带着一丝牛奶和黄油的香气；刻在饼干上的拉丁字母和小孔要排列得整齐规范，不能有一丝紊乱；小孔还要扎得深，并且美观、清晰。少了哪个条件都说不

1　黑岩泪香（1862—1920）：日本小说家、翻译家、新闻记者。

2　这里的斤大约相当于我国的七八两。

过去，饼干便不配被称作饼干，不配让约克玫瑰似的英国贵族少女用她那洁白的牙齿咀嚼。也许那些饼干会说：森茉莉那个写小说的怪婆子好打发，美国或日本产的饼干就够了。那可不行。我虽然穷却也是贫穷的布里亚·萨瓦兰[1]，在精神上是贵族。

最近流行的“平民”一词，我十分讨厌。据说如今濒临绝迹的老市民，一被人叫“平民”就会嗤之以鼻：“平民？什么意思？”以前我在团子坂[2]上住，那里有一家叫“伊势屋”的糕点店。在伊势屋，玻璃瓶里装着两种点心：一种是又大又圆的玛丽饼干，一种是长方形的、周围像古典花边一样呈锯齿状的意大利威化饼干。那两种饼干似乎继承了英国饼干的传统，颇有品位，口感和做工均属上乘。战争期间，我被疏散到外地，远离了团子坂上的伊势屋。从那以后，我再也没有碰到自己喜欢的饼干。

我嘛，从小吃青木堂的西式糕点长大，可后来青木堂没有了，我就改为专吃伊势屋的饼干，因为家里的女佣会在一分钟内把饼干买回来。那家店的饼干特别出众，是威化饼干，尽管我不明白它为什么叫意大利威化饼干。下午三点的餐桌前，我把那饼干用大盘盛放，拿出淡蓝色罐装的立顿红茶来泡上一杯，投入一块半方糖。玻璃门外，立着父亲石像的庭院花圃是一派冬日的萧索景象。

尽管我是“贫穷奢侈”的行家，泡在代泽澡堂的浴池里

---

1 布里亚·萨瓦兰（A.Brillat Savarin，1755—1826）：法国著名美食家，著有《厨房里的哲学家》。——编注

2 东京文京区地名。

时，会想象西班牙红宫的水池（当然我要闭上眼睛。如果眼前出现耷拉着湿漉漉的鬈发、浑身通红的胖大姐；或瘦得皮包骨头、像被追到地狱针山上的女鬼一样的老板娘，那一切就都完了。），不过我也觉得能看到实实在在的院子真好。

日本战后也出现了一些价高质优的饼干，不过那些饼干要么黄油放得过多，要么味道过甜、颜色过浓，形状也是千奇百怪，不像饼干倒像甜点。至于美国产的黄油压花饼干，那就另当别论了。不管别人说什么，我仍认为除了传统的英国饼干，比如小伯爵冯德罗[1]的祖父斥退仆人后气鼓鼓地嚼下的那种，其他饼干都不该被叫作饼干。

---

1 美国女作家白涅德夫人创作于19世纪的儿童文学名著《小公子》的主人公。

贫穷的美食家[1]

玛利亚是贫穷的布里亚·萨瓦兰。

玛利亚今天又生气了，她是生自己的气。玛利亚相信，她的味觉、视觉、触觉和情绪都很敏感，她嘴馋的程度比得上布里亚·萨瓦兰。她必须满足那些欲望，否则就片刻不得安宁，而为了满足那些欲望，她需要付出笔墨难以形容的、极大的努力。她在生活中事事都要努力，别无选择。

玛利亚的家在淡岛。这一天，她从家到下北泽购买食品，回家途中经过木器店，发现忘记买冰了。这正是她生气的原因。

不知为什么，玛利亚每次走到那家店铺门前就会想起忘了买东西。那家店——说不清到底该叫木器店还是叫木匠铺抑或别的什么——经常给咸味脆饼店做玻璃橱柜，或给寿司店做柜台。做好后，那些刷了白色底漆、又大又招眼的物件就被搬到店门外。为什么走到那家店门前就会发现篮子里东西不够呢？玛利亚似乎找到了答案。原来，那家店铺前面有一家寿司店，寿司店对面是烤肉店。（挚友荻原叶子经常约玛利亚去那里坐坐或买点什么，而玛利亚总是嘟囔着说“算了吧”。每天六点

1　本篇原名《贫穷的萨瓦兰》，萨瓦兰即文中写到的法国著名美食家布里亚·萨瓦兰，人物介绍见第20页注释1。——编注

左右，世田谷区北泽周围的大叔大哥、男职员就会挤满店堂。到了冬天，店门口就会挂起诱人的淡红色灯笼。）在那之间有一条让人摸不清方向的小路。（玛利亚至今也没摸清那条小路的方向。不过前不久，她在一次极偶然的机会中得知，拐过那条小路，前面是家名叫“酢浆草庄”的养老院。）烤肉店斜对面街角有一家丸子店，再旁边的街角则有一间供奉石地藏的祠堂；寿司店、烤肉店、丸子店和祠堂组成的歪歪扭扭的十字路口就是下北泽商店街的终点，而一路上的风景在那里就算到头了。

玛利亚忘记买的冰，叫“方冰”。冰切成大方糖的样子，用塑料袋包装，每袋二十日元。比起电冰箱里的冰，方冰形状更好，味道也更传统。

走到那家给咸味脆饼店做玻璃橱柜的木器店时，玛利亚会发现忘了买方冰，却又不愿掉头回去，她的双腿开始发沉。玛利亚原本不爱活动，甚至讨厌久坐，只想在家里躺上一整天。她的双腿走路笨拙，跑得也慢，完全是废腿。由于讨厌那双腿，玛利亚经常吃不加胡椒的凉番茄，而不加胡椒和荷兰芹的土豆泥也不得不吃。实在没办法，玛利亚只好欺骗、再欺骗自己那双不情不愿的腿，为满足与萨瓦兰一样敏感的舌头而四处奔走。

玛利亚没有方冰就无法过夜，因为她要用它做半夜喝的冰红茶。在那只状似人们站在酒馆里小饮时手握的高杯、半截有竖纹并按玛利亚的喜好变了形的杯子里——玛利亚加入足量贮藏在大罐中、冒着冰窟般凉气的方冰，然后才倒上热热的红茶。方冰是为现沏冰红茶而存在的冰。

每隔一两个小时，玛利亚就必须要喝冰红茶。说什么“夜里喝的冰红茶”，好像玛利亚每晚都在熬夜写稿，但其实她只是一觉醒来喝杯冰红茶，写上几笔四岁孩子写的那种字之后便又昏昏睡去；然后又醒来，又喝冰红茶。玛利亚的夜晚是看不出电灯为何而亮、冰红茶为何而喝的夜晚。要说白天她总该好好写稿了吧，其实白天也是大同小异。只不过白天有时屋里会突然响起查尔·阿兹纳弗那克制而多情，又有些寂寞的歌声“et pourtant, pourtant, que je n'aime que toi [1]”，这时玛利亚就像沉睡的野兽醒来，就像写作冲动上来、表情变得像青眼珠尖牙齿的鱼一样的室生犀星[2]那般，头脑异常清醒。半夜时分，玛利亚调低了收音机的音量，雷·查尔斯和约翰尼·哈里戴的歌都彻底变成了摇篮曲。其实玛利亚也晓得再不写稿就糟了，所以她无论如何都需要红茶，冬天是温红茶，夏天是冰红茶。虽然是四岁孩子的字，一年中写得出来的幸福日子也只有几十天；更多是因写不出而绝望，绝望得累了多半就睡着了的日子——玛利亚的写作生活就是这样。由于红茶与睡眠无休止的轮流登场，红茶眨眼间就会用完，采购清单里每隔三天就会有红茶。

红茶是袋装的立顿红茶，两只立顿红茶包放进茶壶，注入开水。要让开水像绳索一样从壶嘴里涌出，水花溅落在茶壶周围。玛利亚把水壶放在火上后要么发呆，要么睡着。结果壶里的开水蒸发掉大半或彻底烧干，水壶整个发白、壶盖上的涂料发出难闻的气味，都是常有的事。即使顺利地把滚烫的开水倒

1　法语歌词，大意为：可是，可是，我依然深爱着你。——编注

2　室生犀星（1889—1962）：日本诗人，小说家。

进了茶壶，捞出茶包的时机也很难掌握——红茶不能浓得发涩，也不能太淡。这样煞费苦心泡好的红茶，注入那只加好冰的杯子里。英国红茶散发出一股仿佛莽草熏香，又仿佛拿破仑白兰地的香气。

玛利亚睁着一双大眼睛，破屋四壁虽然清晰可见，但当铺着英国贵族的那种白底花纹桌布的餐桌上的东西进入视野，玛利亚瞬间变得比“白金之手”的萩原朔太郎[1]还高贵。她眼前突然一亮，身心变得快乐。她的心随之回到了自由自在、无为无我的至境，变得像彼得·奥图扮演的国王一样。玛利亚的那张脸变成了彼得·奥图扮演的国王，而那国王正以魔鬼般的馋劲，愣头愣脑地舀起饭菜冲匙子张开嘴巴。其实玛利亚没有彼得·奥图的成熟沉稳，也没有厉害的魅力，所以只要一照镜子她肯定泄气；但她仍感觉自己的脸正是自己想象中的那副样子。

彼得·奥图这个演员的面孔下，潜藏着一点点阴郁、为神所允许的幼儿般的坏心眼和绝对任性的一面。当他在影片中戴着阿拉伯头巾亮相时，玛利亚做梦也没有想到，那张面孔会冲淡让·克劳德·布里亚利在自己心中的身影。彼得·奥图的那张面孔曾让玛利亚觉得难以亲近，那是一张拥有冷漠无情的美、世上独一无二的面孔。而查尔·阿兹纳弗的身上则看得到贝雷帽压在前额、穿着罩衣系着皮带、任由风吹膝盖的戈斯[2]的身影；他还有一张菩萨心肠的富翁家雇的好园丁或牧师，或圣母院看门人的脸，从头到脚浸透着巴黎风范。

---

1 萩原朔太郎（1886—1942）：日本诗人，有“日本近代诗之父”之称。“白金之手”出自他的诗句。

2 此处人物不详。

最近，玛利亚每天都给这两位演员送上幻想中的花束（玛利亚的幻想是高于现实的现实），而花束是团子坂别墅区玫瑰园里的玫瑰。明治、大正时期，东京有那种洋气的花圃、玫瑰园。只存在于明治、大正时期的文部省美术展览会上的一排排油画中的古雅的、笼罩着轻烟的本乡、动坂[1]的玫瑰园里，种植着约克、兰开斯特等纯种玫瑰，那比王宫里的传统英式蔷薇庭院还要漂亮。要怎么描述才能让现代人明白这些呢？

从彼得·奥图到玫瑰园，玛利亚担心话题可能越扯越远，但她写东西就这样，从头到尾都在跑题。

话说回来，不只是玫瑰园，明治、大正时期的东京，一切景物都披着淡淡的轻烟。樱花掩映的五重塔，秋天的动物园内那片让人联想到山本森之助[2]的《老树青苔》的树林，原田直次郎[3]笔下的农田雪景，早晨荷塘边的田间小路，所有的风景都笼上了淡蓝色的烟霭。而当夕阳烧红远处的屋顶时，四处又飘荡起混合着红色的淡紫色轻雾。

明治时期，工厂这种东西开始出现。到了大正，“女工哀史”这类词语也被制造出来。那些工厂烟囱冒出的烟雾，飘浮、缠绕在东京及其周边地区的一切景物上。那雾色虽凄寂，却也熏蒸出无数屋顶下的幸福。袅袅升起的淡蓝紫色，就像在冬日的巴黎或夏洛克·福尔摩斯居住的雾都伦敦那样，衬托出城市富有韵致的街景。因此淡紫雾气中的上野山丘，总是和樱饼那忧伤的甜味、樱木或栎木炭火的味道一起，留在玛利亚的脑海

1　东京文京区地名。

2　山本森之助（1877—1928）：日本西洋画家。

3　原田直次郎（1863—1899）：日本西洋画家。

中。那记忆如同被夕阳浸染的树林，红红的、闪烁着幸福的光。从这种意义上，玛利亚要说：明治和大正年间本乡和动坂的玫瑰园，要比伦敦培育了庚斯博罗画笔下公主贵妇的丝带褶皱般的约克玫瑰，或爱丁堡玫瑰的英国玫瑰花圃还要了不起。

而废气、锶、铯（这是原子弹时代的东西，如今的毒物越发厉害）、罂粟花里的白粉末和孔雀绿、俾斯麦棕、金胺、若丹明（它们是有毒着色剂）无处不在；人、猫、狗、鸟儿和昆虫的死亡与日俱增，东京让玛利亚感到恐惧。所以她更要为了满足与布里亚·萨瓦兰一样的口味，为了得到必要的冰块，在淡岛与下北泽之间东奔西走，过着疲于筹措的惨淡日子。

总之，如果没有冰块，如果不能用喜欢的方式把喜欢的食物送进口中，玛利亚就会失去世间所有乐趣中最大的乐趣，立刻陷入moody情绪中。“moody”一词似乎也可以理解为有mood（玛利亚讨厌“mood”一词，看到就会颤抖，一直弃之不用，而她不得不用“mood”的日子终于到来了。），似乎也用于心情好的场合。玛利亚不懂英语，并没有搞得那么清楚。但美军好像用它来表达完全相反的意思，指一种无可奈何、莫名其妙、无法排遣、郁积于心的不快，也指一种没有来由的、必须向身边的人发泄的一种麻烦情绪。玛利亚现在家里只有自己一个人，发泄对象是自己。虽然“人畜无害”，但也正因如此，她的moody心情愈演愈烈。

尽管玛利亚的生活在喝红茶与绝望入睡之间往复交替，但她也会有天突然开始写东西，写着写着就会写成小说。这样的事情一年中也会发生一两次。所以早上玛利亚都要尽情享用美味，自觉地打开心爱的收音机，把四份报纸翻来翻去，然后再按顺序叠放好。不然就会有种世间毫无乐趣，未来不会更好的悲观。

比如现在，玛利亚会打开罐子，从那堆让人联想到北极的“方糖冰”（毕竟是方糖状，不像室生犀星诗中的冰那样咯吱咯吱地冻成一片）中——她爱装满罐子的冰——取出瓶装蛋黄酱、镰仓火腿、黄油、煮硬的鸡蛋、两个透着玫瑰色宛如玲珑玉珠的番茄（玛利亚讨厌红色和服内裙那样的红），还有只剩下半截粗尾巴的黄瓜，放进大碗端进屋。然后，玛利亚会把洋葱切成薄片撒在切开的番茄上，在它和薄黄瓜片上撒盐和胡椒。（就像了不起的主妇快刀切菜一样，切出透明的薄片需要相当的时间和耐性。玛利亚那双手根本没有耐性，不过为了满足自己体内的贫穷萨瓦兰，她还是耐着性子动手切菜，差点没掉眼泪。她的努力虽然不足以传为美谈，但也恰是最好的努力。）然后打开火腿罐头，把这些菜盛在白盘子里。（那白盘子并不像白瓷那样矫情，只是普通的陶瓷盘。白瓷或许也算陶瓷的一种，但大概烧制方法要更复杂，玛利亚不清楚陶器和瓷器的区别。白瓷本身大概是漂亮的，但因为矫情的人喜欢礼赞白瓷，所以玛利亚并不喜欢它。白瓷还算好，青瓷则让玛利亚讨厌。它令人联想起古怪的大爷大妈屋里的茶壶或茶碗，或气氛诡异的旅店餐馆洗手间里的木屐。）接下来，玛利亚会在凝固的蛋黄酱里拌入芥末，拿鸡蛋和剩下的那只没撒盐的番茄蘸着吃下肚去。并给特制的三明治吐司涂上黄油。（这种吐司的塑料包装袋上印着闪闪的金线，切片虽薄但六片仅售二十五日元。原先很上档次，但最近品质急剧下降，变成了二十日元。玛利亚发现的点心或面包，要么有一天突然消失，要么品质下降，让她伤心。究其原因，玛利亚住的世田谷区那一带豪宅林立，没有一个像她那样的贫穷萨瓦兰。人们拿各种难吃的点心面包当下午茶吃，他们买花式小面包，或从成堆的面包里选便宜且厚、分量又多的面包。做午饭的时候，把胭脂色的马肉或鲸肉火腿和乱七八糟的卷心菜叶、大葱一起炒，炒好后放在面包上当午饭。至于分量少、价钱贵的面包，他们从不买。）接下来，玛利亚一边慢悠悠地翻阅按照漫画、情感问答、小说、新闻的顺序叠放的报纸，一边把番茄、黄瓜和火腿轮番放入口中。只有这样，一天才算开了个好头。

读报纸吃早餐的同时，玛利亚会听晶体管收音机。因为时而要让收音机闭嘴，时而要让它发声，忙坏了玛利亚的右手。原来，所有玛利亚喜欢的节目，途中都会插播令她汗毛直竖的歌曲，或让她火冒三丈又不寒而栗的商业广告。这些东西没完没了地冒出来。令玛利亚汗毛直竖的歌曲主要有两类：一是年轻女子用猫儿发情时的声音唱的情歌；二是旧时代侠客感觉的男子，高唱的那种浪花调[1]。她尤其头痛的是猫儿叫春似的歌声。猫儿就是猫儿，叫春不是为了让人听，更不是为了捞钱。猫儿也许多少懂得撒娇，可那差不多是无意识的行为，它们是凭着本能发出那种声音。

玛利亚以前喜欢披头士乐队，喜欢乐队成员的每张照片，尤其是专辑*A Hard Day's Night*上的照片，每次看到就想起福尔摩斯小说初版插画中的福尔摩斯和华生（画中福尔摩斯和华生并肩而行，马车里一个黑胡子男在窥视他们）。打扮得那样古

1　日本传统大众曲艺。

典的四个蘑菇头跑出来，非常有味道。玛利亚不由感叹想出这造型的人该多聪明啊。

他们的歌也漂亮，特别是《米歇尔》《昨天》。一面是贫穷的萨瓦兰，一面又有点躁狂症倾向的玛利亚在听赛尔维·瓦丹和阿兹纳弗的歌曲之余，经常哼唱这两首歌。但后来，披头士乐队终于来了。玛利亚在画报上看到乐队经纪人艾普斯滕的面部大特写，又看那四个年轻人散发着私生活气息的照片，突然感到不寒而栗。

尤其是约翰·列侬，他穿着短裤赤脚进屋和他隔着窗户欠身向歌迷挥手的照片特别可怕。他们来到日本后就像猛兽被关进了动物园一样，一般人都同情他们，而他们早就被艾普斯滕（挺像拉斯普京[1]，连名字都像）那条毒蛇锁进了囚笼。还有那个给他们做西装的女人，似乎也是一个怪物。他们绝对不能反抗艾普斯滕，彼此之间不能打架，不能有别的发型；除了几亿存款、一无所知的新婚妻子和尽情吃喝的权利之外，他们是毫无自由的囚徒。

玛利亚见过一张发青的诡异彩照，上面是王子饭店（？）豪华料理剩下的杯盘狼藉，空空如也的漂亮碟子、盛着凉红茶的茶杯、躺着捻灭的上等卷烟的烟灰缸……那四个蘑菇头的年轻人，承受着毒蛇吐出的气息，机械地按照指示歌唱、说话、举手投足，每个人的心都被毒蛇冰冷气息的锁链五花大绑起来了。

明白了这些再听他们的歌，就不会觉得他们的歌声里是美

1　格里戈里·叶菲莫维奇·拉斯普京（约1864—1916）：俄国尼古拉二世时的神秘主义者、沙皇及皇后的宠臣。——编注

丽的情欲和醉意，而是会听出恐惧而不快的低语。唯独巴黎拒绝了那四个年轻人，这是当然的，毕竟巴黎拥有真正的情欲和醉意，不需要他们的迷药。他们歌声中那不自然的甜味很别扭，与其说是魅力，毋宁说是一种奇怪的药物反应。崇拜他们的少女，并不只是简单的尖叫和亢奋，而是毒品依赖者的陶醉状态。不过，长得像俄国人的布莱恩·艾普斯滕好像一度打算当演员，而他没有表演天分，这或许是电影界的损失。可以这么说，司汤达和巴尔扎克要是有那样的面孔该有多好——他的五官就是如此不凡。

出于这些原因，玛利亚吃吃早餐、读读报纸的时候听着的广播经过一番开开关关，最后终于关上了。

接下来，玛利亚拖着不情不愿的双腿，勉强走到下北泽后街那家有冰窖的破屋门前。一个瘦男孩舔着夹心面包里那层黄色的所谓的“奶油”，奶油已经舔干净了，他还在恋恋不舍地舔。这男孩会拿冰块出来。玛利亚回家路上之所以要拖着不情愿的双腿经过给咸味脆饼店做玻璃橱柜的店铺门前，是因为附近的“马达屋”早早就停止了方冰的销售。玛利亚因此非常不悦，虽然她生气是常有的事，但今天她从一大早就生气了。

贫穷美食家的火气是很大的。如果后街的那家小破店也不卖冰块，那就万事休矣。玛利亚跟这些小气的店主老头老太较劲，好几次想买电冰箱。但要把那个又白又大、光溜溜的家伙，在别人家或店里看一眼也会感到不适的怪物搬进自己的屋子，玛利亚终究做不到。

电气时代、太空时代制造的，全是像鼻涕虫、无脸妖怪一样的玩意。比如那些“名设计”的花瓶、茶碗、椅子，还有那盏形似灯笼的台灯，白乎乎的飘浮在空中。空荡得不自然的房间，只会让玛利亚觉得那里住的是怪物。而那台灯比提灯阿岩[1]更让她害怕。披头士有不自然的情欲，台灯是不自然的怪物灯笼。

玛利亚在没有那些怪东西的自家屋内喝红茶，有时还喝上等的煎茶。煎茶，夏天要用凉水泡，冬天则要用和夏天一样温度的凉开水泡。夏天在茶里放一两块冰，冬天则要泡得浓一点，喝时注入少量热水。煎茶只能用凉水泡。而冰茶，虽然也有用冰块泡的做法，但玛利亚还没有试过。红茶的搭档是婴儿钙质饼干，煎茶是下北泽青柳店的淡黄色栗子形半生点心，或淡红色的麻薯皮包着白豆沙馅、上面撒满罂粟籽的梅花形半生点心。若是就在附近买的话，就是红白两色的“鸟之子”或淡红色的“洲滨”[2]。喝红茶的时候，玛利亚偶尔也会给特制的三明治面包涂上一层薄薄的黄油。战前，团子坂上的“伊势屋”有玛丽饼干和意大利威化饼干（锯齿纹长方形饼干），两样都是不逊于英国饼干的上等货。可惜战后就只剩返了潮的美国饼干和好像掺了黏土的日本饼干。

黑岩泪香翻译改编的一本小说《英国种》中，有一位贵族父亲给含冤入狱的女儿送她平时吃的饼干；玛利亚曾经感动地想象那是什么样的饼干。如今，日本最好的就是钙质饼干了。毕竟是打着婴儿食品的旗号，吃起来果然不像黏土，而且有牛奶的味道，牙感也不错。

1　日本民间故事中的灯笼妖怪。

2　此处两种日本传统点心，均以糯米、豆沙等原料制成，形状多样，也有“鹤之子”“素甘”等名。——编注贫穷的美食家玛利亚爱吃比目鱼刺身，不过最近市场上虽然有鲷鱼，比目鱼却不多。玛利亚回忆起以前冬天下雪的早晨，从鱼店老板手中接过薄薄的经木[1]价目表时，看到第一行写着“平目”或“ひらめ”[2]时的喜悦心情，她有些感动。这时，女佣把比目鱼刺身端了上来。（玛利亚走进厨房，把刺身从鱼店的怪盘子移到西洋盘子里，重新摆成讲究的样子。鱼店的盘子有的是卷边纸盘，图案则是石笼和芦苇叶、如意宝珠和香烟缭绕的图案，或香鱼在水流中游动之类的图案。夏天刺身放在来历不明的冰块上，愈发让人讨厌。冰块上的鱼半温半冰也讨嫌，变得水嗒嗒的。而且由于刀功不好，鱼皮和鱼身中间淡红色的部分掉了下来，耷拉在一旁也是惨不忍睹。现在的高级料亭似乎有意避免那种状况，切好刺身后又放回鱼骨上。这种摆盘夸张的刺身，即使温度凉宜也很讨人厌。配菜也是，以前附近的鱼店，刺身的配菜是新鲜的防风、新鲜的萝卜旋成的薄片、海蕴之类的东西；而如今在代泽的鱼店，腥气的荷兰芹和干巴巴的萝卜旋成的薄片中掺杂着胡萝卜，令人发指。）比目鱼在白盘子上有点透明，鱼身表面浮动着淡玫瑰色和浅绿色的钝钝的光泽；配上自家制的干净萝卜泥，不用盛那么满。萩原叶子是个怪人（其实玛利亚才是怪人），对玛利亚的缺乏感性表示遗憾，她喜欢女作家中像大姐姐一样让人感到依恋的那种人。而玛利亚感性的对象是昔日比目鱼的色泽（这是室生犀星式的表达）和雪天早晨沾着雪花的鱼店的经木，真是可怜到

1 经木，木头刨得薄如纸片，用于食品包装或书写。——编注

2 “平目”“ひらめ”分别是日语比目鱼的汉字表记和假名表记。

家了。人没有让她感性的价值。

如今，冬天千辛万苦搞到一盘比目鱼刺身，跟小山似的萝卜泥一起盛在白盘子里的日子也不是没有。可即便盘子如愿上了餐桌，也不算圆满——酱油不能加得过多，加得过少也破坏心情，萝卜泥加多少也难把握，还不要说这盘比目鱼刺身出现在餐桌前经历的种种磨难。以前，只要看看鱼店的经木价格表，说一声“比目鱼刺身”，一盘刺身就会径自来到玛利亚身边。如今，没有雨靴的玛利亚要冒着冻雨冰雹，穿着凉鞋“啪嗒啪嗒”地走去鱼店；如果碰上没货，她还得远征到下北泽的市场。玛利亚的走路方式让脚下的凉鞋变得像匙子一样，每走一步就舀起一股泥水。走不到五十米（具体多少米不知道），心情就会变得黯淡。而且玛利亚三百六十五天，天天都不记得买长筒雨靴。记性差是事实，但也因为雨靴多半不合玛利亚的脚，让她苦恼。虽然玛利亚的脚像过去中国女子的脚一样小，可鞋子不知道是什么结构，玛利亚的脚就是塞不进去。玛利亚的胸也不大，可在澡堂更衣室里，玛利亚不照着拉奥孔雕像的姿势跳一会儿舞就穿不上衬裙，简直就像大鹏幸喜[1]穿女式衬裙一样。日本就是这么一个国家，卖的衬裙是胸小的玛利亚穿不了的衬裙（据说有九十多厘米，比普通的衬裙大），雨靴是玛利亚那双和中国女人一样小巧的脚穿不进去的雨靴。

比目鱼刺身出现在白盘子上，终于，玛利亚用那双黑漆圆头长筷，夹起生鱼片送入口中，如同置身天堂。（玛利亚喜欢每双十日元的黑漆长筷，感觉它“格”最高。每双七十日元的

1　大鹏幸喜（1940—2013）：日本相扑力士。

女式筷子是用有瑕疵的螺钿之类做的，犹如乡村富家太太用的筷子，若是放在东北乡村，它就是扒拉小豆南瓜或毛豆鲱鱼籽这种东西的，玛利亚甚至不愿把它拿在手里。至于象牙筷，新的用起来舌头痛，旧的筷头又会变成讨厌的茶色。）玛利亚对自己说一声“您辛苦了”，缓缓夹起生鱼片，加上恰到好处的酱油和萝卜泥。再把黑红相间绘有小菊图案的金边碗里的白饭，用鱼片裹着一并夹起，送入口中。那一瞬间，就是玛利亚历尽艰辛之后的大团圆。有时玛利亚不加萝卜泥，而是把比目鱼刺身浸在酱油里蘸成赤红，弄碎三片左右放在米饭上。那是玛利亚幼时家里灌输的吃法，是充满乡愁的吃法，食物入口的瞬间，就是昔日某段午后时光重现的时刻。啊，和煦的小阳春，那逝水般的刺身年华！

贫穷的美食家屋里的情形大致如上。要么是玛利亚吃到了可口的菜或点心，心情愉快，要么是玛利亚正在努力让那些美食出现在床边，又或者是玛利亚的心情坏到了极点，再不就是玛利亚睡着了。不管怎么说，吃得到口的东西就是最好的美味。

买梦的故事

源氏公子与幼女紫姬

出于写这篇文章的需要，我生平第一次读了《源氏物语》，着实吃了一惊。

我不管是读书还是做什么都不努力，似乎把“努力”二字忘在了娘胎里。尤其是《源氏物语》，“话说从前某一朝天皇，后宫妃嫔甚多……”（在被虫蛀了的文言文本里）我看了一眼开头，马上生出一股畏惧，心想那是大文学家才能写出的开头。谷崎润一郎的译文不像他的小说那样让我钦佩，但我还是想起了从妹妹那里听说过的，源氏公子和头中将围绕一个丑陋的老妇而展开的残酷又潇洒的游戏，便借来那时刚出版的全集中的那一卷来看，知道了那个丑陋的老妇叫源内侍。我往前翻两三页一读，又吃了一惊。

书中写着“紫女王”，这也是以前听说过的紫姬的一个别称吧。我从源氏公子烦恼得无法安心入睡，走去紫姬居住的西殿那段开始读，然后把书往前翻，再从源氏公子把紫姬从尼姑庵带回来那一段读起，彻底读完。源氏公子是一个巨细无遗地审视了女人的美丑，并亲身体验过的男人。他像爱孩子那样爱着幼女紫姬，但其根底却有一层品鉴的味道。源氏的风流风雅和紫姬一派天真却兼具长成美丽女子潜质的楚楚可怜，以及她那娇憨和闹别扭的样子，可以说是无与伦比的文学之花。

我担心珠玉在前，自己什么也写不出来。我害怕失去拿笔的力气，变得无精打采。杰作全都像怪物一样让我害怕，所以我尽量不读它们。这次读了《源氏物语》，我感觉大事不妙。如今我正在写一本关于幼女的小说，下一本也打算写幼女（确实还没有写够），所以我实在感到为难。不过写作就是这样，动笔时应该认为自己的东西最好，如果不那么想就写不成。竭力写小事小人物（有时不管是什么大事件，多么了不起的人物，在小说中也会变得无足轻重）也许会得到别人的称赞，但我并不喜欢；即使得了什么奖，我也不会打心眼里高兴。

单论源氏公子和紫姬那份又像恋情又像父女情的感情，《源氏物语》就在《克莱芙王妃》之上。如果《源氏物语》以公元十一世纪的小说的姿态登上世界文学的舞台，那么西欧文学作品大多会黯然失色吧。读谷崎润一郎《细雪》的开头，我觉得写得非常好，它确实受到了《源氏物语》的影响（舟桥圣一的小说和《源氏物语》则是不同次元的东西）。[1]

源氏公子拐走紫姬那一段虽是文学中少有的情景，可我想就源内侍即将出场前的部分写两句。那时源氏公子鬓发微乱，随意披着一件褂子，手上拿着笛子，一边吹着撩人情思的曲调，一边往紫姬房里看去：只见紫姬躺在那里，宛如带露的抚子花[2]，非常美丽可爱。紫姬感觉到源氏公子回邸的动静，埋怨他没有立刻过来看自己，故意将那张写满委屈的小脸别过去。源氏公子说声“转过来呀”，温柔地挨到紫姬身边，仿佛她是

1　谷崎润一郎和舟桥圣一都曾将《源氏物语》从古典日语翻译成现代日语。——编注

2　即瞿麦。抚子也有“令人怜爱的孩子”之意。

一个美丽的女人。过了一会儿，紫姬开始弹琴。当源氏公子又要出门去，随从在门外说"天要下雨了"。紫姬心中不安，忧郁起来，她低头看着画。源氏公子细心地安慰紫姬说："你年纪还小，我很放心。有些人不一样，我不去，她们就会生气，在背后说些刻毒的话。以后你长大了，我就不会再去别处了。"源氏把男人的心情讲给年幼的紫姬听，让她懂得什么是女人。

虽然源氏公子和紫姬间还没有男女间暧昧的味道，而他那兄长般温柔可亲的话语中散发出掩不住的潇洒、多情和唐璜式的男性魅力，言语简直无法形容。紫姬心情低落，源氏公子见她枕在自己膝头睡着了，便唤起紫姬，说他今夜不出门了。紫姬心情平复，和源氏公子一起用晚膳，却没怎么动筷子。饭后紫姬仍不放心，担心源氏公子说不出去是哄自己，便说："您早点睡吧。"源氏公子心想：就算外边的女子再迷人，我也没法抛下这般可爱的人儿出去寻欢啊。

亲如恋人的源氏公子和紫姬身边摇曳着淡淡灯影。房间和屏风的阴翳，侍女端来的晚餐，源氏公子那暗含着苦恼的幸福表情，稚嫩、美丽的幼女入睡的模样和她小口进食的样子，这些景象全都清晰地映入读者心中。

《源氏物语》中描写紫姬的篇章，可以说达到了文学的至高境界。

肥皂泡的温柔爱抚

这段记忆散发着明治时期的赛马肥皂的芬芳。

那是有几分肉桂香气，颜色也是肉桂色，不透明的、边角圆润的方肥皂。细小的白色泡沫也微微带着肉桂色，像德国啤酒沫，像牛奶咖啡的泡沫。

母亲苍白纤长的手掌像佛手一样合拢，揉搓肥皂，泡沫泛起彩虹般的光辉，给孩子小小的后背和胸脯布上一层薄膜。

孩子赤裸着站在搪瓷脸盆里，忽然感到害羞，偷看一眼在旁望着自己的父亲。父亲脸上挂着世间最温柔的笑容，丝毫没有让孩子害羞的杂质。然而，孩子感到不安，仿佛自己的身体要消融在周围的空气里，在母亲胎内的记忆还残留心间，不可思议的不安。

我现在用的肥皂已是另外一种东西。虽然父亲的肥皂也多少会令人愉悦，但他选择肥皂的目的似乎并不像我这样傻乎乎的只是为了愉悦。说父亲的生活有一点克己、禁欲的味道已不准确，应该说他的生活总体上是禁欲的。我到了这把年纪，按理说应该再给生活增加一点禁欲的味道，可不知何故，我完全没有那样的概念。我虽然出生在明治时期，却有现代青少年“无情无爱”的一面，有安东尼奥尼的那份空茫，对伯格曼电影的主题“上帝不存在”之类的东西感兴趣。我就是这样一个怪物。

选肥皂我也是为了无穷的快乐、为了小孩子似的喜悦而选。

首先是颜色。柠檬色最好，比如包装上画着装满出口柠檬的雅致的白木箱（上面用炭灰色的印章盖上去的西洋文字和重量标示，我也十分中意）的，英国柠檬肥皂的颜色。这种肥皂每块二百五十日元，我也买得起。它的形状和凹凸都跟水果一样。有着法国式吝啬精神的我，也会送两三块柠檬肥皂给那些为我的礼物而欢喜的天真的人儿。除了柠檬色，橄榄色、堇菜紫色（那是Roger & Gallet，一种深紫色的法国肥皂）、深玫瑰色、白色、浅绿色也不错。至于香料，真正的紫色堇菜是理想的香料，而科学方法制造的香气也会让我陶醉。犹如堇菜的恋人、散发堇菜香气的彭吉婴儿肥皂消失了，让我恨意无限。那是一种甜蜜、柔软，与某些隐秘的记忆相连的、慵懒的、令人沉醉的香。自从母亲的手将肥皂泡涂在我身上的那一刻起，我便爱上了肥皂泡。

奇异的玻璃

我生来喜欢玻璃，确切地说是几近痴狂。水晶比玻璃高级，但缺少我喜欢的模糊感。隔着水晶看东西，当然看不清楚对面的东西，但水晶比玻璃明澈，犹如清晰的头脑，总感觉它少了朦胧的魔力。玻璃有不透明的美，也有不透明的“魔”。即便是玻璃，高级货也有些魅力不足，波希米亚玻璃和威尼斯玻璃便是如此。现如今我的一些东西没有了：青色的柠檬水瓶子、玻璃里夹着气泡的厚重高筒杯、刨冰店的杯子，还有年幼的我生病时凝视过的药瓶。还有那扇没有擦得晶亮的玻璃门，外边黄昏的光线，映出冬日萧索的庭院，模糊而诱人。小时候，从玻璃门内凝望天空和院子，是我每天的功课。

我是长女，与哥哥的年龄差距如同父女，下面的一个弟弟夭折在襁褓中，所以在妹妹出生前的那六年里，我是家里唯一的孩子。不知什么原因，我没去上幼儿园，也不被允许和邻家的孩子一起玩，跟女佣玩也不行。这么说也许对不住邻家的孩子，但那时候由于家里房子小等原因，他们比现在看电视长大的孩子更早熟，似乎也是不争的事实。

夫妻吵架（那种不介意当着孩子面的，赤裸裸的争吵），他们大概也是看“现场直播”。他们的早熟不像看电视长大的孩子那样讨人喜欢，让人觉得可爱。

因为那些缘故，我一年到头都是孤零零的。只得沿着家里曲曲折折的长长走廊跑，到了尽头再原路跑回来。这种不厌其烦的来回奔跑是我唯一的运动性游戏，此外就是画画，并给它涂上颜色；或者死死贴在玻璃门上眺望唯一的外界——庭院。

从那时起，我就好像被玻璃那种慵懒、模糊的魅力迷住了。经过了一段不愉快、不自由、快乐的事情遭到禁止的生活，如今我当上了一间屋子的主人——虽然是间破屋。我一过上“天上天下唯我独尊”的梦幻生活，就立刻回归儿时看玻璃过日子的生活模式。似有似无泛出淡青色的茴香利口酒空瓶，颜色像槟城海滨或波提切利《维纳斯的诞生》中的大海的空可乐瓶，像我小时候每天看到的玻璃一样钝重、仿佛带着无处排遣的忧郁的无色透明瓶；我把它们放在窗边等处，为玻璃里的“魔”而陶醉。我不知道玻璃模糊的色彩会把我带到何方，在那个恍惚的世界中，我忽然想：在现代的种种事物那让我无从理解的黑雾般的恐怖中，也有意义相反却性质相同的，或说是可恶到令我陶醉的、模糊的感觉。我吃了一惊，随即打消那个念头。再次纯粹地沉入玻璃——它与我即将要写的小说也有关——带来的陶醉感中。

毛巾的故事

知道我年龄的人，读了这篇文章也许会露出一副不可置信的表情。

不过，如果有谁看见我走在下北泽的商店街上（前提是认得我）那他马上就会相信吧。我脸上挂着十来岁的少女也未必有的表情，飘飘然地信步而行，仿佛说着："活着是多么美好的一件事啊！"如果有人在路上看见那样的我，他肯定会相信我写的这篇文章。人生中会有人际关系这种麻烦事儿，但独自待在房间，或一个人走路时，心境就跟刚出生的婴儿一样。

我这样的人是如何造就的？这个问题我不好在这里谈。不过可以说，我就像未婚少女一样，心中充满无限喜悦。我带着无限的喜悦挑选毛巾，首先是有点偏茶褐的橙色（父亲的埃及雪茄盒子上系的丝带的颜色，我称之为烟草色。这种颜色最让我开心。）的毛巾，还有柔和的、仿佛掺了牛奶的深玫瑰色的毛巾，淡柠檬色的毛巾，淡青竹色（一点不泛黄的清新浅绿色）的毛巾，白色底子上仿佛浓缩了加州橙汁、浓淡相间的粗条纹毛巾，蛋黄般快乐的黄色底子上深深浅浅的鲜绿色勾勒出大朵洋兰的毛巾，有玫瑰色镶边的白毛巾，等等。其中，烟草色的是浴巾。

我把这些毛巾整齐有致地挂在床背上，每块毛巾之间错开一点。掺牛奶的玫瑰色的毛巾挂在最左边，然后依次是橙汁色条纹毛巾、柠檬色毛巾、蛋黄色底子配绿洋兰花毛巾、青竹色毛巾、白色无花纹毛巾、有玫瑰色镶边的白毛巾，最后是烟草色的浴巾。我用过后，即使毛巾不脏，我也会用味道好闻的香皂来洗。所以那些毛巾的颜色都很清爽，能让我早上醒来后心情愉快。

一天早上，我睁开眼睛，看到了绚烂的朝霞。那时，玻璃窗外的天空闪着橙光，燃烧般的太阳红漫天流淌，柿子树的枝叶宛如黑色的剪影。明亮的红光流泻而下，洒在床头的毛巾上。我以为发生了什么，心脏咚咚猛跳，随即明白过来：那是朝霞！我从床上坐起，睁大了眼睛。

多么幸福的早晨！

我想起了大正十五年[1]的一天。那天不知发生了什么气象现象，天空变成了玫瑰色，院子也仿佛罩上了一面玫瑰色的玻璃。我走到户外，只见路上、天空，目力所及整个世界都是玫瑰色。

我至今还记得这两个日子。我奇妙的玫瑰色人生，借助于一种气象现象而披上了奇异的光芒。

即使没有爱情，人生也可以是玫瑰色的。

没有恋爱却像恋爱中的人儿一样快乐，我认为这非常非常妙。

1　即1926年，大正的最后一年。这年12月，日本改元昭和。

和服的回忆

我记忆中的第一件和服，料子是薄毛呢的，是件红底上缀有淡红白双色晕染的大朵牡丹的元禄袖[1]和服。祖母管薄毛呢叫中国绉绸，女佣则叫它美利奴毛纱。那时，祖母坐在座钟下，把穿着那件和服的我抱在膝上，唱着泷廉太郎的那首《新年》。那件袖口翻边上也是红牡丹的和服的布料纹理，将祖母隐藏在歌声中的细针般的心思和我一起，吸了进去。

还有一件绉绸和服，红白相间，红中有白、白中有红。燕子的行列在郁金色（深黄色）的下摆翻边儿上蜿蜒。那是我在换带仪式（庆祝我满三岁）上穿的礼服。

另有一件是四瓣花菱底纹的提花纺绸和服（我这个冒牌明治人物不知道它的古称，即使装作知道也会很快露馅），上面白色、黄绿色和淡红色（带玫瑰色的浅桦木色）三种颜色呈冰菱状交错，上面有深棕色扎染感觉的樱花图案。那是我七岁仪式上穿的礼服。这件颜色淡雅、优雅的和服很合我意，穿着它的时候似乎是我一生最美的时候。

我十六岁时，父亲向三越百货定做了一件大振袖和服。那是织着红叶和樱花的黑色提花纺绸和服，下摆上是红叶、樱

1　一种袖口呈圆形的短袖女装款式。

花、菊花等纹样。父亲让店里把线染出油画般色泽，用那些海军蓝色（深灰蓝）、深红、掺珠贝白的浅粉还有白色的丝线，绣出处处花纹。

穿着这件振袖和服、梳着日式发髻拍照，效果不可思议！照片上的我非常可爱，犹如冉·阿让的养女珂赛特。看过照片的人都说照片比我本人漂亮，唯独父亲不一样，他对我真实的脸蛋也感到自豪，笑眯眯地说："茉莉多像个小雏妓。"惹得母亲苦笑。

有一天，我身穿一件深蓝底上用淡抹茶绿和浅茶色勾出云朵形状，中间有细小花朵图案的友禅绉绸外褂出来见客人。插花老师、一位老妇人夸了我的和服外褂，却没有夸身披外褂的我。这让父亲不大高兴。父亲面露不悦地说："夸奖衣服，却不夸奖茉莉。"

我办婚礼的时候，穿着一件被染成与众不同的颜色、深紫色下摆上散落着两三个松树新芽的和服，内搭大红提花纺绸衬衣，很是夺目。可不知为什么，我的体形从十六七岁开始膨胀，肤色变黑了，脸颊变红了，最后变成了一个圆胖脸的大新娘。从那以后，我的容貌每况愈下。

在东京站最后一次见到父亲的我（我和哥哥一起去我丈夫所在的欧洲，那次是我和父亲在人世间最后的离别）在父亲眼中似乎很可爱，我认为那是给父亲最好的留念。父亲曾是我的情人，最后一次映入父亲眼帘的我并不丑，这真的让我高兴。

项链与我

我平生第一次戴在脖子上的项链，是父亲买给我的马赛克项链。

那条项链从柏林的商店出发，收件人写着父亲的名字，穿过西伯利亚的旷野，最后寄到千驮木町的家中。金色的链子上挂着五个马赛克坠子，颜色有白、玫红、蓝、深红等。穿和服的时候，我也戴那条项链。有人看到我那副打扮，说我像洋妾[1]。（后来我在画里看到了把和服领子敞开到胸前，戴着项链，剪出刘海、梳西式发型的女子。那是莫泊桑时代的女子发型。）因为父亲特别的偏好，他总是凭着对洋装的感觉挑选和服的颜色和花纹。父亲挑选的和服跟项链，与我像德国女孩一样披着长发、刘海上压一条缎带的发型很搭配。

后来又有一条项链从柏林寄出，经过美国，漂洋过海到了我家。薄薄的圆形金坠子上雕刻的形状仿佛圣保罗派的纹章，上面嵌着钻石，链子是长长的黄金链。这条项链让我幼稚的虚荣心得到了极大的满足。

那时候，我在自家附近的野地里和朋友们一起玩，并用苜蓿花做“项链”（比起“项链”，叫“花环”或许更恰当）。苜

1 日本在江户末期到明治初期，对给外国人做情妇的女性的称呼。——编注

蓿花“项链”戴在脖子上，散发出野草的芬芳。花蕊四周泛着浅绿的白色野花，清香中隐隐透出药香。点缀着浅绿的白花和柔软的绿色花茎缠在一起，颜色和形状都很美好。如今，我仍觉得，没有哪种项链比这花环更适合戴在那些身穿白色或玫瑰色夏装的少女的脖子上了。

还有就是我十八岁那年夏天，用丈夫在巴黎买的贝壳加工成七八个坠子，再用银链穿制而成的那条项链了。那些厚厚的淡蔷薇色贝壳被刨空切割，个个形状奇特有趣，微微泛光；缠在我脖子上，凉凉的，滑溜溜的。不过，它们或许更想挂在维纳斯的脖子上。自从我学会法语后，淡蔷薇色的贝壳项链和维纳斯女神的名字一同被埋在了我的记忆深处。原来，我在动物园火车站下车时把贝壳项链落在座位上了。马赛克项链和金圆坠项链，我也弄丢了。我拥有的东西全都或早或晚、不知不觉消失去了某处，而我无从知晓那些漂亮的东西如今在哪里……

贝壳项链是不是回到了贝壳出生的海底？比起被戴在柏林胖女人的脖子上，那样的结局倒不会让我耿耿于怀。

鞋子的故事

记忆中有一双Pinet鞋店的鞋子。

那年我十九岁，巴黎正值春季。虽然巴黎不是泉镜花笔下“春色朦胧庙会日”的所在，那时的我却无端兴高采烈。我穿的洋装是老佛爷百货（像三越那样的百货商店）的特价品，同我一起散步的丈夫穿着一个有点脏的波兰老头缝制的西服。尽管如此，我却在Pinet鞋店（一家普通的女鞋专卖店）买了它们最好的鞋子。那双鞋是Pinet鞋店为了显示自家的档次，特意摆在橱窗里的样鞋。巴黎的女职员羡慕地看着店员把它从橱窗架上拿下来。那是一双黑色漆皮鞋，配着熏银色的金属饰品，售价一百法郎。当时一法郎折合二十钱[1]，一百法郎就是二十日元。那个时代，一双男士羊皮鞋也才二十日元。

说起来，我很满意自己的脚，却不把自己头大身小比例失调之类的问题放在心上。我就是一副把于己不利的状况抛诸脑后的脾气。那时巴黎的高等妓女忍着疼痛驾驭脚上的鞋子，像“温泉水滑洗凝脂”的杨贵妃一样，袅袅婷婷地踏着石板路，展示腰身和腿部的美。我买的就是那种女人穿的鞋子。

有一天，我身穿一件那种玫瑰花瓣般的深紫红色露肩长裙

1 日本货币单位，一百钱合一日元。

（百货商店的特价品），脚上踏着Pinet鞋店的那双黑鞋子，戴着长及上臂的白色皮手套，像第一次参加舞会的姑娘一样喜气洋洋地登上歌剧院门前的台阶。巴黎的人们目送着我的身影，目光中带着惊异和怪讶，还有对我另类面孔和肤色的一丝困惑和好奇。

Pinet鞋店的店员则面带微笑地目送我，目送这个不知来自哪国的、小姑娘似的妇人穿着一身高级成衣来，买走自家店里最好的鞋子。

丸善书店

我认识日本桥的丸善书店是在昭和初期，即战前的昭和时期。当然，我是把丸善书店作为一流书店来认识的。我在明治年间开始光顾丸善书店，但因我在明治、大正时期还没有开始写文章，所以尽管我并非没有感触，但对于花、雨、文学、赤道阳光下透明的大海、玻璃，还有一切美的东西，我还没有一一产生深刻的感触。同样，对于日本明治时期起出现的那些设计出色的商品，比如日本桥丸善书店的东西、银座资生堂的化妆品和榛原[1]的和纸（还有其他很多东西），我也不甚了了。所以这种种事物的美，清晰地在我脑中留下印象，都是在“战前的昭和”这样一个时期。我认为，战后的昭和，也就是战后的日本，失去了许多美好的东西。各种大批量生产的廉价货凌驾于正宗的好货之上，大行其道，社会上充斥着发迹的人群和时兴的商品。不过，这种趋势大概会慢慢发生改变，毕竟文学、戏剧、电影、美人、图案、商品等都会被带到国际市场上竞争的时代已经到来了。真正聪明的商人，为了赚钱也会生产正宗的、美丽的东西。

大正末年，我脑海中的丸善书店，就像梶井基次郎的《柠

1　日本著名和纸店。

檬》中写到的那样，上午微弱的阳光从书架间照进来。而后来我确定要从事写作，开始用那样的双眼去认识丸善书店时，已是昭和初期了。

那时候，丸善书店常有学者光顾。学者在丸善书店买两三本外国书，买当时书店特有的灰色底子配深灰色斜格的信笺和信封，然后来到书店附近，在三共茶点部等地方喝咖啡，抽一支金蝙蝠香烟，最后回到家里。学者的书房也像丸善书店一样，沉浸在微弱的光线里。红茶杯托里放着的柠檬，泛出阿马尔菲（意大利的海岸）柠檬那样的明黄。学者的太太在门口接手杖，身穿素净的碎白花粗绸和服，系着花草图案的腰带，发型从明治以后的“束发”变成了更为西式的发型，比现在穿洋装的太太还洋气。学者太太的梳妆台上放着资生堂的白玫瑰水粉，盥洗室里则放着学者使用的丸善头发香水。这些就是从大正到昭和初期，常见的家庭风景。

还有一些三十多岁的男子，他们平时穿着黑底碎白花粗绸和服，缠着黑色无纹薄毛呢之类质料的腰带，却比今天热衷于皮尔·卡丹服饰的人更熟悉法国。因为这些人通过书籍与巴尔扎克、利尔·亚当[1]相熟，他们戴着破帽子，披着黑呢斗篷，脚上的朴木木屐叩响着大地，他们是崇拜海涅、康德的一高生[2]，他们比今天那些打扮成常春藤风格的学生还时髦。他们与丸善书店二楼联系紧密。这些知识阶层的男人和丸善书店的书

1　利尔·亚当（1838—1889）：法国小说家、诗人，著有科幻小说《未来的夏娃》《残酷故事》等。——编注

2　旧制高等第一学校（1894—1950）的简称。

架的关系，比现代家庭和《小鬼Q太郎》《阿花小姐》[1]的关系更深入、更深刻、更密切。（不过我十分欣赏樫山文枝的个性，她是个会演悲剧的女演员。她有些像明治时期那个有魅力的新剧演员衣川孔雀。）

说到底，战前的时尚是货真价实的时尚。

那时的东京存在那么一种日本近代生发出来的趣味（例如喜欢丸善书店），那趣味潜藏在每天不断变化的时尚潮流深处，确确实实持续存在着。就像巴黎的科蒂香水的设计一样，介于古典与现代之间，体现着现代优质商品之美。香水大王科蒂喜欢舞女约瑟芬·贝克，是一个别有情趣的人。当时佛利·贝尔歇剧院、奥林匹亚剧院流淌着那位黑人舞女的美，她的美给巴黎的美增添了丰富的滋味；化妆品的标签、海报上都画着那个黑美人，那确实让巴黎鲜活了起来。

两三天前，我去了一趟丸善书店，发现书架上放着一个在现代化进程中保留了原貌的地球仪。我站在书架的角落里，欣赏戈雅的画册，却发现了一瓶那时已很少见的丸善头发香水。瓶上贴着斜伸出一片鲜绿色月桂树叶的白商标，里面装着柠檬色的头发香水。它的出现让我感到怀恋，它确实在卖化妆品的区域还保有一席之地。我又品味起丸善书店的装饰、橱窗陈设之美。我左看右看，打发了几十分钟的时间。

1　日本的漫画和视听广播剧，后者是樫山文枝主演。

买梦的故事

“去过罗马的人应该知道巴贝里尼广场。”

脑海中浮现出《即兴诗人》[1]中的这句话，耳边仿佛传来轻轻踏过石板路的马蹄声……赋予我联想的是一盏旧台灯。那盏台灯是我十年前在附近的商店里低价买的，当初它已经非常陈旧。灯台用发着钝光的铜（是不是铜不好说）做成，像意大利的旧铜版画一样发黑，上面雕刻着十六七个男女天使牵手跳舞的图案。

我买东西，与其说是买东西本身，倒不如说我是在把“梦”买过去，这种奇妙的情况很多。所以很多时候都是让正常人大摇其头的上当买卖，这也在意料之中。

我脑海中总是浮现以前见到的意大利的天空、波提切利《春》的天空、女神罗衣微弱的橄榄色、《维纳斯的诞生》的大海透明的浅绿、散落画面中的花、明亮天空下那条仿佛静止的腐败运河的暗绿色，还有新加坡和槟城的大海透亮的浅绿色、阿马尔菲海边的柠檬黄、修道院改建的餐馆里那些落在白色圆柱、回廊下的野蔷薇的淡紫色花影、巴黎咖啡馆的覆盆子冰激

1 《即兴诗人》原为安徒生的小说，有多种日译本。原文中森茉莉引用的或为森鸥外译文。

凌那掺了牛奶白的玫瑰色……我说起来就没完，还是打住为妙。当我发现这样的色彩，就会非常强烈地想要得到它们。

两个浅绿色的红茶杯摆在一起，我会特意挑那个颜色偏浅、发暗的，然后喜滋滋地用与颜色鲜明的那只相同的价钱买下来。

因为玻璃价格低，我在本乡专门出售美军家属转让的家具什物的商店，买了一个厚重的玻璃杯。那杯子在玻璃制品特有的奇异透明中，还掺有一丝橄榄色。不夸张地说，那丝似有似无的橄榄色正是波提切利画中女神罗衣的颜色。那种让对面的东西似隐似现、带着氤氲气的透明只有便宜的玻璃才有。

还有一次，我在道玄坂的一家商店里，发现了凡尔赛宫哥白林双面挂毯的仿品。那条小挂毯显然是三年前挂到墙上去的，上面意大利的运河、桥梁、岸边风景都变旧变淡了，但确实是凡尔赛宫哥白林双面挂毯的颜色。那色调即使拿给艺术品鉴定专家，他也一定会说它酷似真品。我没有还价就把那条褪色的挂毯买了下来，面露欣然之色，倒让商人一脸疑惑。

如果有织出凡尔赛宫的树林和跳到野猪背上的猎人图案的哥白林双面挂毯真品，我大概会魂不守舍，不过我大概不会买。因为豪掷大笔钱去购物纯属讲排场，那里边没有梦，也没有愉悦。

横滨中华街

我生平第一次看到的横滨中华街，实在是一个不可思议的地方。

傍晚时分，暮色悄然而至，街上笼罩着一团浓重的影子。我走进那条小街，感觉误入了一个奇异的国度。

放眼望去，小餐馆的橱窗里挂着烤成红褐色的烧鸡，还有粗绳似的猪肠之类，也是烤过的；里边透出灯光的玻璃，将喷香的油脂和烟雾封锁在内。有的窗上挂着中国服饰，红色、象牙色、青色等颜色的缎面上用金线、银线和小珠子绣着花。浓郁的橙红灯光里，是似乎隐藏着什么秘密的夜总会、酒馆、俱乐部，或高级餐馆。这些欢乐场所浓郁而沉甸甸的光芒，是东京见不到、巴黎也没有的——深深的、欢乐的色彩。

副食店里则堆满了瓶瓶罐罐。瓶子里装着海参、皮蛋、木耳、枣子、葡萄柚蜜饯等，罐子里装着茉莉花茶、火腿等。

在那些店肆当中，有两户奇怪的人家。一家像是为了查看访客，木板套窗和小小的门之间开有一扇小窗，上面挂着脏脏的白蕾丝窗帘。除了门窗之外，房子各处都镶着木板，怎么看也不像普通民宅。我看着看着，脑海中渐渐浮现出海洛因、可卡因、大麻等未曾见过的白色粉末或结晶。另一家也很怪。敞开的大门前，五颜六色的拖鞋凌乱地摆放在那里；一个漂亮的年轻女子蹲在一边，慢悠悠地擦着鞋子，白多黑少的细长眼睛瞟上我一眼，手上慢悠悠的动作却没停下来。大门里边有一把长椅，一个老太婆——不知道是生病了还是真的衰老了——睡在上面，身上盖着毯子。年轻女子脚边铺着垫子，一只大猫稳稳地蹲在上面；猫像是和女子有某种默契，不时朝我瞪一眼。这种情景在东京并不多见。

无论是点了电灯的小餐馆，还是红黄蓝紫、颜色交杂点缀的特产店，二楼都像是空屋。玻璃门半开半合，门框上残留着曾经挂过锁的钉眼，挂着有点脏的白毛巾、彻底褪了色的衬衫之类的东西。偶尔有二楼也亮灯的店家，但后堂、楼下、厨房上面的厨师房间都感觉有些阴暗。副食店里仅留出一条狭窄的过道，各处都堆着木箱，箱内那些说不出是什么的干货上覆盖着一层白霉，犹如一群被塞在一处的小怪物。

总之，这些人家都有点妖气。无论是餐馆还是娱乐场所，屋里都沉寂无声；不知为什么，进了餐馆的日本人也变得默不作声。这条街虽然满是华丽的色彩，其实却很寂寥。

不过，那寂寥绝非衰微的征兆。我强烈地感觉到，在这条中华街暗淡的玻璃门内，有一群生命力顽强、精力充沛的中国民众。他们也许手脚不勤，讨厌打扫，有种辽阔大陆的豪气的同时，又不乏精打细算、锱铢必较的现实味。他们身后是中国，一个让我敬畏的大国。

在这条中华街上，有一家相当可以的店。店主人虽长了张颇有文人气质的脸，实际却有一身商人气魄。他家小店门面很窄，摆设凌乱，也不加装饰，做买卖的口气却相当老练。问一只盘子的价格，他直接开价二百六十元。相比之下，我们日本的高级商人就像小孩子：在元町大街开大店，墙上并排挂着英国古典风俗画和秩父宫[1]光临时的照片；店员一律穿英国呢绒衣服，脸上挂着殷勤得让人反感的假笑。二者相比，不啻天上地下。

让我感到为难的是，中华街两边的玻璃门或房屋间的夹道里，有几个中国男子拿小眼睛盯着我看。他们的目光让我感觉，仿佛我再年轻一些就有可能陷入他们的魔网似的。那目光透露了中国这个大国可畏的一面。

胆小的我无端感到恐惧，不想惹怒他们。却偏偏就像故意要让他们听见一样，对同行的青年嘀咕："中国人呀……"然后慌张举目四顾。

1 秩父宫（1902—1953）：日本大正天皇的二皇子雍仁亲王。

巴黎的咖啡馆与东京的咖啡馆

陪我去巴黎的丈夫和他的朋友们，好像说过“领略巴黎的精华就要住在后街”这样的话。至于其中意味，当时几乎被当作孩子对待的我无从得知。不过我知道，他们住在索邦大学所在的大街上的圣女贞德酒店，理由似乎并不只是那里离索邦大学很近。除了看戏、听歌剧、逛书店，他们白天、中午、晚上都在圣女贞德酒店附近转悠，又泡在拐角处的“慢生活”咖啡馆里，海阔天空地畅谈。他们或是讨论拉辛、高乃依、巴尔扎克，当时流行的维尔德拉克、季洛杜，或是谈论戏剧，从埃德蒙·罗斯丹的《大鼻子情圣》到莫里哀的《伪君子》，再到维尔德拉克的《坚韧号商船》，或是乐此不疲地谈论Piera夫人的痴情画家丈夫给素面朝天的她画的素描，以及可爱的女演员Huguette Duflot。

我也很奢侈，在一旁把他们的闲谈当配菜，大口吃着杏子馅饼，还有口感柔滑、介于牛奶和奶酪之间的奶油，咀嚼夹着玫瑰色火腿或是酸渍小黄瓜的橄榄形面包，然后瞟着墙上一星期更换一次的冰激凌菜单，点一杯来品尝。

有一次正巧是除夕夜敲响新年钟声的时刻（在巴黎，那对年轻男女来说是美好的时刻），我在那家咖啡馆收到了一个牛奶色皮肤的美男子的吻，并被催促说：“请回吻。”那让我陷入了生命尽头般的巨大迷惘。（遗憾的是，那一刻男子只能亲吻初次相见的女子。那是巴黎式的浪漫，并非恋人间的行为。）一无所获的妓女端着苦艾酒，脸上化着妆，仍不死心地寻找客人。她们无论如何都谈不上漂亮。咖啡馆里尽是不漂亮的青年男子和中老年男子，可就连那些人都不正眼瞧她们。客人们和侍者看见我和美男子笨拙的接吻场面后炸开了锅，她们也一起高兴地拍手。她们与东京的女人完全不同，是风情万种的女人。还有埃德蒙，他是一个受欢迎的老侍者，长得像埃米尔·维尔哈伦[1]。客人们不叫别人只叫他，他一边跑来跑去招呼客人，一边四处张望。据说埃米尔·法盖[2]也喜欢他（法盖为了把财产交给心爱的妓女，在病床上举办了婚礼，他当时就在场）。埃德蒙有一个体弱的妻子。到了傍晚，他的妻子来到咖啡馆，挺着肚子跟丈夫点葡萄酒。他匆匆应一声，随后过去端酒。在这些见闻中，我愉快地打发了除夕的时光。

那段时光是曾是我丈夫的那个男人和他朋友们的第二次青春，也是在少女时期结婚的我的第一次青春。巴黎的咖啡馆让人打心里感到惬意，不仅是慢生活咖啡馆，布勒瓦大道核心地段的巴黎咖啡馆也是。反观东京的咖啡馆，我想喜欢也喜欢不起来。饮料要用麦秆吸管吸，而这麦秆吸管极其煞风景，就是小孩用的东西。最后要是再抱怨些什么，人家就会露出一副顾不上搭理你的样子，只差没说“请快走吧”。饮料也非常难喝，烤面包片只涂了一丁点黄油。三明治夹着暗红色的火腿和不新

---

1 埃米尔·维尔哈伦（1855—1916）：比利时象征派诗人。

2 埃米尔·法盖（1847—1916）：法国文学评论家、思想家。

鲜的黄瓜，用银盘盛着，被切成各种形状，有的就像最小的三角积木。里边夹的火腿好像是边角料，也让人难受。女招待的态度粗暴而傲慢，将我快乐的人生涂抹得一片漆黑。而我的人生就像《伤心咖啡馆之歌》舞台剧的场景一样荒凉（《伤心咖啡馆之歌》是一部阴郁的舞台剧，背景似乎是美国南方）。

人们如果想变得快乐，就应该走进巴黎的咖啡馆，吃玫瑰色的火腿和奶油水果馅饼；如果想找不愉快，就应该去东京的咖啡馆，用麦秆吸管吸甜得发腻的冰咖啡。

讨厌的对话

对别人说话，或听别人说话的时候，不肯老老实实，偏要拼命动小心思，这是日本人的一种坏毛病。和人说话时，他们总感觉对方高自己一筹，一一强调对方所说的内容自己也懂，“嗯、嗯”个不停，好像在说：“是啊，我知道。”

即便是没有学问的人和大学者说话，没有学问的人一般也不会完全不懂大学者的话。没有学问的人要么听得明明白白，诚实地说一声“原来如此”，要么默默听下去。而学者，或是听他俩说话的旁人，也不会认为没有学问的人完全不懂学者的话。

在广播里说话的那些大人物也有这个怪癖。他们似乎不能老老实实地听对方说话，没轮到自己开口的时候，一般会多次扯着嗓门随声附和，意思是“这个我也知道”。

当采访医生或某位学者时，采访者为了引导话题，插话问：“是……的吧。”很少有人简单坦率地说“是的”。他们大多会换个表达方式，用难懂的言辞重复一遍对方的意见。我听到那样的对话，会觉得这些人真是孩子气。如果与我交谈的人这样动心眼，我会觉得烦躁，感到十分疲倦。（问题是和我交谈的人里边，几乎没有谁会认为我比他们高明。只有一位十几岁的年轻小姐，她特别喜欢我的小说，不管我说什么，她都安安静静，老实听我说话。那种时候，有点冒傻气的我都会飘飘然地谈兴大发，最后说出一些意想不到的话。)

与不知道我在想什么、写什么的人说话，我总会感到吃力，最后弄得筋疲力尽。当播音员（尤其是女播音员）变着方式问话时，我感觉特别难受。教人做菜的人一讲起调味料的用法，播音员就先来了句“是放姜吧”，而对方要讲的不是姜而是黄芥末。

当对方讲完话后，播音员又会不着边际地补充一句“就是……样的吧”，那种场面也让我讨厌。一般人通达人情，会微笑着接受那句不着边际的结束语。我尊敬的一位女士却不这样，她会板起脸来闷不作声。

上野水族馆的鱼儿

据说地球曾经到处塌陷，塌陷的地方变成了大海。那是什么时候的事情呢？即使学者说得有根有据，我这人内心却潜藏着不愿轻易相信这种现实性说法的心理。全身包裹着鳞片的鱼儿是陆地上的蛇变的吗？抑或鱼儿是青黑色水中孕育的奇怪维纳斯？

鸟儿脚上为什么刻着与蛇鳞完全相同的花纹？有一天，我向一个名字很“明治”，听起来像夏目漱石《虞美人草》中的井上孤堂的鸟类学者——中西悟堂请教这个问题，得到了一个不可思议的答案：鸟以前是蛇！如此说来，披着带刺的甲壳、摆动触角扭腰跳跃的龙虾也许是太古时期的盔龙或迷惑龙的缩微版。我一边想，一边打量中西悟堂。或许是大半生在深山里观察鸟类的缘故，他的眼睛就像鸟类的眼睛一样锐利。我看着看着，不由产生了怪诞的幻想：说不定中西悟堂以前是鸟？不要觉得写这种事情的我很怪，那太冤枉我了。要知道，宇宙才怪呢。

对我来说，大海是一个湛蓝色的妖怪；它辉映着天地日月，重复着相同的回音。鱼儿在海底漂浮，似动非动，似静非静；它们缓缓摆鳍，运动全身的鳞片游泳，时不时翻动身子。我从小就觉得海底的鱼儿不可思议，由此对它们产生了兴趣。

小时候我去动物园，白熊、红梅花雀和娃娃鱼引得我驻足观赏。那时我走下石阶，进入又暗又窄的洞穴，入口近处便是养娃娃鱼的水槽。黑色的、皮肤上有细小突起的娃娃鱼，在被水垢染成青色的水中，身上仿佛生了苔藓一般。白熊和红梅花雀都很可爱，我也喜欢它们，而娃娃鱼让我感到不可思议。

坐车去上野水族馆的路上，我盼着见到深海的鱼儿的心情不断膨胀。当然，假如只有鲷鱼、鰤鱼、红娘鱼之类的鱼可供参观（水族馆里有它们），就算水族馆装饰得像海中的玻璃楼阁一样，我也会兴趣缺缺吧。那些鱼平日暴露在光天化日之下，已经作为食用鱼而被日常化、俗化了，它们的名字只会让我想到鱼店的门面、价格和味道。

来到水族馆，我看见了不一样的光景。以前的水族馆是一个又暗又窄的洞穴，里面是微微泛着青光的小水槽，人就像趴在镜筒上一样窥视里边的鱼儿。如今的水族馆则像一个三层楼的博物馆，里面摆满了同以前相比堪称“巨大”的水槽，几乎透明的淡灰色水中汇集了各种各样的鱼。或许是品种不同，水槽里的娃娃鱼呈红褐色，身上有斑纹。它们用难看的脚往伙伴身上爬，并不是我儿时想象中像花椒树干一样的青黑色娃娃鱼。水槽里还养着水虎鱼，但它看上去并没有电影中那样可怕，能够把牛或人瞬间变成白骨。

只有一种鱼满足了我的幻想（尽管人们建造了大规模的水族馆，一一给鱼儿标注拉丁学名以供展览，但沉浸在幻想中的人还是不好伺候），它叫银龙鱼，一种泛着钝钝的银白色光的大型深海鱼，拉丁学名是Osteoglossum bicirrhosum。银龙鱼全身覆盖着像某种蛇鳞一样的横向六角形鳞片（蛇鳞有竖向六角形和横向六角形之分)，鳞片如刀雕般紧贴在身上，身子弯曲时绝对不会竖起来。或许是正在变成蛇，它像鳗鱼一样长；背鳍和尾鳍都延伸到尾柄，犹如宽体舌鳎。嘴巴与普通鱼的嘴巴不同，嘴尖噘得比眼睛还高，直噘到头顶；嘴角下深深刻着粗纹，就像人苦着脸时露出的竖纹。眼睛毫无表情。那是属于几百代、几千代来，以葬身海底之人的腐尸为食的鱼的凶相。它的头像鲤鱼头一样圆而有肉，越靠近尾端越扁平。当最大的一只银龙鱼贴在水槽玻璃板上扭转身子时，我不由得往后退了几步，心想它真是魔海里的妖怪。

在玻璃工坊

一天下午，我在岩田工艺玻璃工坊的一个房间里，被各种形状的玻璃罐、玻璃器皿的阵列给包围了。

那些玻璃工艺品，有的如抽象画家笔下的螺旋贝壳，有的是星星的形状；有的头小身大，像《伊索寓言》中狐狸向仙鹤劝酒时用过的酒壶一样。还有的玻璃罐像帝企鹅的躯干，形状拙朴有趣。颜色也是各种各样，有像中国古代陶器那样的深蓝色、黄色、深杏色、红茶般的颜色。还有跟我以前的那个威尼斯玻璃花瓶（由于我离婚了，以前拥有的东西没有了，这是一种令我无奈的不幸）一样的葡萄紫色，深的浅的都有。

当初我在海边的房子里看威尼斯玻璃，屋内的木架与这里几乎一样，它已经在我四十年前的记忆中淡化，但我仍记得木架上的那些玻璃罐，它们更像天然的工艺品，而不是某个工匠的作品。

但我至今都认为，那种吸取甲州葡萄紫的精髓，并进一步赋予它深邃感的上色技法（对于玻璃，“上色”一词很奇怪，还是说“入色”比较好吧），一定是继承发扬了某位著名工匠的手法。我喜欢甲州葡萄的颜色，也喜欢与那颜色相称的女子。与甜美柔和的葡萄紫色相称的女子，是我想象中的玛甘泪（《浮士德》中的人物）。贪心的我会想，会不会有堇菜一样柔和的淡紫色玻璃呢？当漂亮的东西，或者是美味佳肴出现在我面前时，我总说要是再有一样什么就更好了。因为这个坏毛病，我经常挨母亲批评。

我对美丽的爱情贪心，对首饰、宝石贪心，对玻璃也贪心。所以我绝对不会在现实世界中追求爱情，当然也同样不会寻觅首饰、宝石、玻璃，而只期待偶然的遇见。或许是这个缘故，我一遇见美丽的东西就立刻表现出贪心，并且开始寻思：这个也不错，不过要是有别的东西就更好了。我看过一本相册，瑞典的裸体模特手持硕大的堇菜花束，侧脸埋进花束中，那张照片浮现在我眼前。那个模特即使不是处女，也一定是没有失去处子之心的人。那个看上去约莫十八岁的模特，让我感觉她是在和堇菜花说别人谁也不懂的秘密。我贪婪的心想要得到那个模特，想要得到堇菜花一样的淡紫色玻璃。

写到这里，我的玻璃礼赞才刚刚开始。

我生来就向往玻璃的奇异，向往玻璃那朦胧、深不可测的一面。请试试把身边的漂亮瓶子放在窗口，并定定地凝视它们；苦艾酒的空瓶子也行，可口可乐的瓶子也行，法国茴香利口酒的瓶子更好。仿佛槟城、新加坡附近的大海一样透明的浅绿色中，你会看到什么吧。大概会感到瓶子对面好像有什么东西，又好像没有。那里有一种不透明的混沌，就像是某种难猜的性格似的不透明感。那种带着魔力的东西，让我喜欢。

玻璃有多云天空般的灵动妩媚——这样形容或许不恰当。我在岩田藤七这里，找到了捕捉玻璃的本质的作品。有半透明的瓶子，颜色像我向往不已的槟城大海的颜色，像波提切利《维纳斯的诞生》中大海的颜色，像《春》中天空的颜色。还有一个瓶子（形状像我前面提到的帝企鹅的躯干），瓶身像用手指轻轻压过一样微微凹陷，瓶口是切削出来的锐利的样子；它以陈旧变黑的玻璃窗为背景，呈现在我的眼前，仿佛要诱惑我似的。

我在那间屋子里待了几十分钟，面对着玻璃的阵列，度过了幸福而又平静得不可思议的时间。

香水的故事

“上等肥皂洗出来的清洁肌肤的香气最好。香水之类的东西最好别用。”

这是一位文学家的说法，我很认同。如果用我非常中意的话说，就是：这是一流的香氛装扮。这种装扮方式，即便不是法国的公爵夫人，一般人也能做到。

不过，我喜欢这种装扮方式并不那么绝对。比如我也喜欢沐浴后擦干身子，给清洁的内衣洒上少许古龙水，喜欢只给手帕喷一点像科蒂香水那样含有矿物质的淡香水。

纯白色无花纹的麻织手帕固然是我的最爱，但手帕的边角上有一点刺绣——比如抽纱刺绣——的花纹会有优雅的感觉吧。大家以为如何？

再说说关于巴黎香水专卖店的记忆。巴黎的里沃利大街有一家那样的店，名字已经不记得了。不知巴黎现在是个什么状况，当时店里没有把女性蜂蜜色的肌肤照得一览无余、仿佛要映射出月亮的电灯光，店堂深处几乎是昏暗的。四周墙面上覆着黑色天鹅绒，处处都是嵌入墙壁的展架；纤薄的玻璃瓶仿佛让男人的大手一抓就会碎，里面装着淡褐色、浅绿色的香水；在黑天鹅绒深沉的光泽中，香水像湖水一样宁静。店里不时传来漂亮的法语。法语不是用来大吼、吵架的语言，而是用来表达爱意、谈论香水的语言。

在法语中，Parfum是“香水”的意思，Parfumerie是“香水店”的意思。

不过，世上有比香水更好的香气。比如看见美女琥珀色的肌肤，就仿佛闻到橙花的香气；看见被日光晒过、强壮的、涂了香体油的男子，也会闻到阿马尔菲海岸的气息吧。

看到一身黑色套装的巴黎女人扭动着柔软的腰和纤细的脚踝款款而来，我会不禁怀疑：她们每走一步，脚边就会开出堇菜花或玫瑰吧？

倒不是像古希腊那喀索斯传说那么唯美的感觉。

前边也写过瑞典模特的裸体写真。

那个十八九岁的、留着浓密的披肩长发的女子把脸转到一边，用捆扎着许多堇菜花的花束掩住嘴角，半边脸让花束遮住了。她有着马约尔（法国雕塑家）雕像那样的身材，比起“女人”，她的感觉更像一个少女，周身缠绕着如烟似雾的淡淡羞涩。或许那个少女是堇菜花的恋人，在和花儿说悄悄话吧？

传说中拥有举世无双美貌的少女，因为被酒神巴克斯追逐，转眼间从头到脚化为桂树。[1]如果那样的少女出现在小说、照片或画中，不妨认为她是同性恋。如果恋人是堇菜花，那就更不用说了。

1　此处为作者笔误。希腊神话中是太阳神阿波罗追求水泽仙女达芙妮，仙女无处可逃，遂化作月桂树。

花市

花这种东西多数场合都仅仅被称作——“花”。人们口中的花，有时是水仙，有时是玫瑰，有时又是堇菜，但到头来都只被安上“花”这个枯燥的名称。倒是小说中的铅字“花”，或画家笔下的花儿，有时会新鲜得多。

有一天，我看见了白色的山茶花。花瓣像是撒上了雪或糖，又像丰盈、水润、柔嫩的漂亮女人的肌肤。（既然有玫瑰油，那新鲜的玫瑰香水里也会有油分吧。就像可可上面浮着油光一样。有一天，一个叫K的漂亮女人让我闻了刚刚从天然的玫瑰花中提炼的香水。我拿起那个小瓶，拔掉瓶塞，凑过脸闻了闻，不由陶醉了。那时的我认为，无论是科蒂还是霍比格恩特，全世界的香水都是人造的、含有矿物质的俗物。K把那个瓶子放在我屋里，一星期后再来。那一星期里，瓶子搁在书架上，让我感到幸福。）当我出神地看着花瓣时，花儿不再只是“花”。我拥有了一份完美的幸福。我一向过着硬逼自己写小说的苦日子，而山茶花让我的内心瞬间充满了欢乐，甚至引出了我写小说的灵感。

为什么我们的日常枯燥无趣，看见“花”只会想到水仙、玫瑰？为什么我们会活在没有冷淡也没有热情的空虚之中？

我想活在惊奇中。

“不知道有没有玫瑰。”去花市的路上，我想象有“玫瑰女王”之称的英国兰开斯特玫瑰和约克玫瑰，想象庚斯博罗笔下的公主和贵妇一般的玫瑰，想象像公主衣褶一般的玫瑰。

提起花市，我又想起了以前读过的法文诗的一节：

兑换桥[1]花市之夜
晚风摇曳，飘来鹿葱芬芳、泥土气息。
走在熏风笼罩的桥，人群熙攘，
瞿麦涌出栏杆，玫瑰流水般漫上人行步道，
缠绕衣摆、缠绕裤腿、缠绕车轮。

到了花市，我走进临时搭起的棚架，今天早晨剪的花儿隐隐散发出香气。原来，花儿深深地躲在稻草、粗草席里面。

无论是被运到围在集市中央叫卖的商贩面前，还是标价后被小伙子堆在写了店名或记号的标牌下，花儿身上都裹着稻草。花儿在稻草中悄悄散发香气，露出层层叠叠的红色、淡红色花瓣，团团锦簇，宛如羞涩的恋人。

清新的白水仙、黄水仙，淡红色的康乃馨、红玫瑰，这些花儿在各自散发出的香气中呼吸困难似的挤成一团，仿佛还没有从昨晚的睡梦中完全醒来似的。

忽然一股新的香气截断空气飘来，转瞬消失。那是成束的黄菊和白菊。难道是日本秋天清冽的熏香在这二月的寒气中骤然迸发，又一下子被冻住了吗？

1　塞纳河上的名桥之一，始建于1858年。——编注

商贩的叫卖声愈发起劲，花儿被抛上抛下；玫瑰、水仙、白百合等花儿混合而成的香气与稻草粉融为一体，扩散到四周寒冷的空气中，悄悄散发出春天新鲜的、凉凉的熏香。

我真想抱着满满一捧水仙和玫瑰回家，却一直呆站着不动，心里暗藏着那个诱人的念头。

可怕的整形美容

整形美容确乎是昭和之后出现的事物。以前只有整形医学，用于烧伤、先天轻微残疾这类情况。

既没有烧伤也无残疾的人想改变脸型、体形，这是最近女人惊人欲望的表现；那些女人欲望的火苗与挂牌开业的整形美容医生的人数增长成正比，双方你追我赶，如野火蔓延，没有止境。严重的，甚至有人要求整出伊丽莎白·泰勒的眼睛、摩纳哥王妃的鼻子。

那是些完全不明白脸是怎么一回事的人，她们每天照镜子，却不明白自己的脸好在哪里、可爱在哪里。即使是不漂亮的女人，她的面容也自有本色；如果只是脸上某个部位突然改变，那份自然的本色就会失去，协调性被破坏，变成一张怪脸。

与换脸蛋的欲望同样强烈的是拥有恋人的渴望，换脸蛋只是得到恋人的手段罢了。我希望大家冷静想想，细长眼睛、圆脸蛋本来也很可爱，自然会有好男孩喜欢。但如果无论脸蛋还是头脑都想进行包装，这便是性格中的愚蠢，会让聪明优秀的男孩作呕。

那些头脑发热的年轻女孩像中了邪似的，把脸蛋弄漂亮，填来路不明的东西把胸部弄大，借此得到恋人，结婚要找“有房有车没老妈”的男人。我真想让她们冷静一下。难听的话我不说。可爱的圆脸蛋瘦得变了形，人本来的特质消失了，这就是整形美容。整形美容的可怕之处在于，一旦换了脸蛋就要永远带着那张脸生活。有头脑、有魅力的正经男人有昆虫触角般的敏锐感觉，会从女孩的面容、身姿中发现女孩自己不知道的那份可爱、自然本色。女孩只应顺其自然，其他的就交给欣赏自己的男孩去体会。（但如果遇上一个自己也换脸、涂雪花膏的低能男孩，女孩也没办法了吧。）

当然世上有大美人，有魅力惊人的女人；有喜欢那种女孩的男人，也有美好的惊世爱情。不过，那种情侣属于另一个世界。美貌和魅力不是天生的就没有价值。整形美容的可怕之处还不止于此，有些人不是著名大医院的医生，利用女人的弱点，没有过硬的技术却开设医院，没有医德，连常人的良心也没有。一旦手术失败，就不只弄出一张别扭的脸这么简单，还会把人整成怪物。

府中市的东京赛马场

穿过铁栅栏似的矮门，走进赛场，我便来到了与我的想象截然不同的一群人中间。

这里没有我想象中杀气腾腾、企图一攫千金的欲望狂人。男人们安安静静，着装得体。今天他们彻底抛下了时髦的讲究，反倒去掉了造作之气，变得飒爽起来。赛马的行家或半行家，几乎都穿着干练的有点儿工装气质的服装，身上有股风范。我抓住了他们的着装特点，以后在街上也能辨识出他们吧。

很久以前，赛马是英国绅士的游戏，这种高雅的传统赌博游戏也给现代日本的东京赛马场留下了一丝芬芳吧。冷冰冰的建筑也有情趣，马厩有福尔摩斯侦探小说之一《银色马》的气息。赌马的人们在我周围忽左忽右轻轻走动，他们渐渐将一种蠢蠢欲动的东西、某种侥幸心理的“静电”传到我心里，我开始被引入赌博的那份隐秘的迷醉感中。

我坐上座椅后，赌马的人一点点增多，我面前是隔开跑道与层叠的石板看台的矮栅栏，看台上已是人头攒动。我能感觉到，每个人心底悄悄涌动的热情如河上起伏的浪花，在人群之下卷起波涛。他们窃窃私语似的说话声，像悄然而至的风一样喧哗，说明那原本低低沉淀在人群底部的欲望开始膨胀。那阵窃窃私语的声浪透露了人群压抑的兴奋，就像剧场大幕拉开时的骚动一样。

我走下楼梯要去餐厅，蜂鸣器忽然高响起来。同行的青年告诉我，那是马票售票窗口关闭的信号。我脑海里忽然浮现出摩纳哥的海滨赌场，耳畔响起了“你别再赌了”的声音，接着又想起巴尔扎克《驴皮记》（日译本为《鲨鱼皮》）中的情景：

“下注！”

“别再赌了！”

我的心头再次感到一股冲动、一种诱惑。不过那份冲动让我在这天失去了二百日元。不过区区二百日元，说这些太小气了。

我喜欢马儿。今天去东京赛马场的时候，我为能够见到马儿感到欢喜，心悄悄跃动着。因为小时候我家有两匹马。枣红马温顺，黑马精悍，它们的毛都光润发亮。早上睡醒后，我听它们的嘶鸣声；慵懒的午后，我在玩耍间隙听它们踢木板的蹄声。有时我让马夫抱着，给它们喂胡萝卜吃。如今，我仍然记得它们那惹人心疼的温顺大眼睛。

我家的马儿是日本马，东京赛马场的马儿则是阿拉伯马、英国纯种马之类的好马。

赛马跑道上，我心爱的马儿驮着骑手排成一列，一次次从我面前的跑道飞驰而过，马尾飘成了一条水平线。

细细一看，像竹节一样两处（膝盖和踝骨）弯曲的马腿有节奏地运动，姿态优美、轻快；马儿修长的腿飞奔时那律动的美，犹如典雅的宫廷舞蹈。比赛结束后，马儿由飞奔变为缓行、踏步，最后完全停下。马腿的精妙动作，就像优雅的古典舞蹈结束时的场面。

“哎呀，真可爱……”我不禁出声赞叹。

我走去马厩，去听儿时每天听的马踏稻草的声音和嘶鸣，看马儿有力而优美、皮毛光亮的身躯。三岁的英国纯种马“小骏”用鼻尖顶给它喂胡萝卜、削掌的男人的肩头、腰部，向对方撒娇。马儿与赌博无关，天真无邪。

我踏着留有无数马蹄印的沙地，再次穿过低矮的铁栅门。

人民艺术家与熊

就跟在去东京赛马场的途中为能看到马儿而悄悄欢喜一样，我去看莫斯科大马戏团的演出，其实也是为了去看熊、狗儿和狮子。

我佩服用形如银匙的东西互相投掷的杂技，也不吝对可爱的鹦鹉、白鸽和狗儿报以热烈的掌声。不过，当熊（扮演开朗的司机）晃动着深棕色的巨大身躯出场时，我的思绪离开了眼前的马戏团，深深地沉浸在了心中的马戏团的影像中。

那是我心中的马戏团：劳特雷克笔下骑马奔跑的杨柳腰舞女，毕加索早期作品中的丑角（与欢乐的小丑相反，丑角总是悲伤的）夫妇和孩子。丑角的妻子看上去营养不良，好像没有奶水。

马戏团从前就跟悲哀、贫困和动物纠缠在一起，劳特雷克和毕加索都画过它。劳特雷克笔下的舞女腰身纤瘦，有一种妖娆之美，而那种妖娆之美就像一块重石压在我的心上。毕加索的丑角家庭画则渗透着悲哀之美，让观者无意中把那个家庭的身影刻在心间。画上淡蓝色的父母和孩子犹如苍白的花儿，留在人们记忆的皱襞之间。

费德里科・费里尼导演的《大路》是一部特别的电影。在这部电影中，弱智姑娘杰尔索米娜的悲哀被置于马戏团这个贫困的世界，人面兽心的男子藏巴诺则是马戏团团长。在残酷的马戏团世界中，弱智姑娘杰尔索米娜的悲哀升华出一种美。理查德·贝斯哈特饰演的年轻艺人和杰尔索米娜之间那段还未发展为恋情因而更显圣洁的感情分外美好。年轻艺人捡了一块小石头送给杰尔索米娜做纪念，让我觉得那块小石头是不知何时坠入人间的星辰。藏巴诺既不喜欢又不珍惜杰尔索米娜，却出于野兽般的嫉妒打死了年轻艺人。藏巴诺把正在栽番茄苗的杰尔索米娜——她在那里只住了两三天——推上车的场面也有一种深深的悲哀。而杰尔索米娜稚嫩的心灵像美丽的梦一样留在了我的心里。从费里尼的电影《大路》中，我看见了悲哀深处的幸福光芒；《大路》像毕加索的丑角画一样，用悲哀之美滋润了我的心田。

在《浮士德》中，玛甘泪为了恋人，杀死了自己的母亲和孩子，最后发了疯。浮士德进牢房救玛甘泪，玛甘泪精神恍惚地对浮士德说“花冠已经破碎”。还有唱着歌儿、撒着花儿落水身亡的奥菲莉娅，她发疯的场面与玛甘泪的这一幕很相似。从她们残酷的命运中，我领悟到了超越残酷的悲哀之美。

马塞尔·普鲁斯特的小说《追忆似水年华》中有一位夏吕斯男爵，那人几乎是普鲁斯特塑造的可怕角色中最凄惨、颓废、癫狂的一个人物。不过即便如此，我也从他身上感受到了贵族的傲岸与冷静透彻之美。读者也许从书中看出了隐藏其间的普鲁斯特本人日常生活的面貌，而我从中感受到的是十九世纪末倦怠空气中的美，就像用嘴唇感受甘美的酒液一样。人们说，普鲁斯特尝尽了成年人世界的百味，灵魂却是个十岁的孩子。他是那种魔鬼一样的孩子，有一些关于他虐待动物的可怕传闻，但谁也没有亲眼看到那场面。

想罢那些绘画、电影和文学作品，我又把目光投向大马戏团的熊，只见它十分衰迈，全身的皮肉松弛耷拉，仿佛木偶披了熊皮似的。当我看到它懒洋洋的动作和空洞无神的眼睛的一瞬间，我对苏联科学家巴甫洛夫写的一本小册子里的话产生了怀疑——“只有怀着爱心和动物交流的人，才有可能训练动物”。我怀疑“必须怀着爱心和动物交流，进而才能训练动物”这一理论的真实性。难道有“人民艺术家”之称的该马戏团团长对熊真有那样的爱心吗？眼下，人们应该尽快给这头熊戴上“马戏团艺术家”之类的勋章，给它喂足够的故乡山里的葡萄和果实，然后让它退休。

太郎、英迪拉、珍宝

南极越冬队回来了，报纸上大幅刊登了他们和前来迎接的家人相见的场面。令我头痛的是，我毫无社会知识，不清楚他们越冬是为了什么。不过我知道，他们是在忍受着艰难困苦干大事。

不过很久以前，越冬队曾经丢下一只名叫太郎的黑狗，让它在冰天雪地里过了一年。当时他们的解释是，队里规定：如果飞机装载的人、行李超重，就把超重部分的行李、人留在外面。假如留在外面的是队员，那他们会心甘情愿地留下来，因为他们进越冬队时就熟悉那条规则。不过，狗儿不懂那些，它只是忠实地跟着平时疼爱自己的主人，无意识地拉雪橇。那些狗儿不在了，队员也就无法工作了。

后来，报纸上经常出现太郎老迈而可爱的身姿。不过自从那件事后，我就对越冬队产生了厌恶感。如果不是因为住在公寓里，我就想申请把太郎领回来。不过考虑到自己虽然会很疼爱太郎却没有能力照顾它，我便放弃了那个念头。

有一天，上野动物园发生了一件事：马儿英迪拉失踪了。原来，饲养员落合疼爱马儿英迪拉和珍宝；它们生病时，落合会整夜守候。后来落合得了胃癌，很久没有过来看英迪拉和珍宝。英迪拉和珍宝觉得寂寞而又深感不满，终于打了一架。英迪拉被推进水沟，于是翻过栅栏，离家出走了。事后许多饲养员、雇员出来寻找英迪拉。一个身穿黑领宽袖棉袍、头发稀少的瘦子混在那些西装革履的人中间悠然漫步。当时的场面看上去就像拍电影一样，有点不可思议。后来我在报纸上得知，那个便装打扮的人就是病情加重后在附近家中养病的落合。落合跑出来一定是出于责任感，以及对由于寂寞而闹别扭的英迪拉的深切同情。

我见过落合的旧照。他夹在比自己还高的英迪拉和珍宝中间，深情地用双手搂住它们的大鼻子，冲它们笑。那时落合身体还好，面庞却已经瘦下去了。看着他的照片，我很想流泪。英迪拉和珍宝以前也很可爱，经常凑到落合身边，把脸贴在他身上，温柔的眼神惹人心疼。如今英迪拉还在闹别扭，不过由于落合来过的，它的心情已经好些了。看到英迪拉的模样，我有一种说不出的感觉。

英迪拉和珍宝重归幸福的日子，大概不会再有了。

“蛇学者”高田荣一

高田荣一把自己的住所称作“绮龟喜龟窗”，他是我见过的为数不多的“蛇学者”之一。不过我不能按照世间的规矩，说他是动物学家和爬行动物专家。其实我自己也是个怪人，也乐意给自己的屋子起像“绮龟喜龟窗”那样多出一个怪字的名字。[1]可我只有按照世上的规矩生存，此外别无他法。

最近，月球、火星等地球以外的星球，通过人类科学智慧的触角，从不知存在了多少亿年的混沌宇宙中，开始展露真容。也许不久，除星期日之外的日子[2]所对应的星球的样子也会大白于天下。（比起那种事，人类更应该发挥科学智慧，设法解决疾病、贫困、自然灾害威胁等问题。算了，先不说这个。）地球以外的某个星球世界或许有更自由，更无拘无束的社会。但如今在我们这个地球上，在四条腿的哺乳动物当中，实现了超群的发达与进化、征服了其他动物的人类种族（毋庸赘言，我们人类的“手”，是从动物的前肢进化来的），不知从什么时代开始弄出权威，爱权威胜过一切，弄出绝对不允许违反的“规矩”来保护权威。所以在这个人类世界，我无法称

1　“绮龟喜龟窗”的日文读音是kikikikisou。

2　日语的星期一到星期日分别是月曜日、火曜日、水曜日、木曜日、金曜日、土曜日、日曜日。

“绮龟喜龟窗”的主人是动物学家和爬行动物学科的权威，我选择用“蛇学者”这个非常孩子气的称号来称呼他。不过，真正热爱某样事物并进行钻研的人是没有什么虚荣心的。所以即使是孩子，或是只念过女子中学、文章写得怪里怪气的我，叫他“蛇学者”，他也不会生气吧。如果“绮龟喜龟窗”的主人认为自己是权威，那他大概不是为了卖弄权威，而是为了要再多得一些钱，好给蛇和乌龟们，给两只老鹰、红角鸮、长鼻浣熊、嫉妒心强的狗儿提供宽敞的住所和充足的食物；为了能够在更宽敞的动物殿堂中享受在心爱的动物笼前独自喝啤酒的乐趣吧。

说实在的，一个人既然被称为动物学家，就要记住比法语爱好者家庭必备的那一套法国《大拉鲁斯综合百科全书》还要多好几十页的知识，还必须把满满一箱子动物分类卡片放在桌边。（当然在动物学家当中，有人去动物的栖息地进行实地考察，体味困难中的快乐，真正配得上动物学家的名号；也有人只是在案头钻研，在学术界伸张秃鹰羽毛般的权威。）生在学者世家，从小应该也钻研了典籍，没有动物学家的权威的“绮龟喜龟窗”主人，他在不理解他的人看来只是一个奇人；为了养蛇，过着为上电视等媒体而忙碌的生活。

有一次，“绮龟喜龟窗”的主人轻轻地抱起一条印度蛇，那条公蛇（母蛇？）带着蛇独特的、女人和猫儿都没有的那份妩媚，歪着脖子（我不清楚脖子的范围）在他苔绿色西服的肩膀上滑动。“绮龟喜龟窗”的主人穿一件颜色与蛇的房间四壁的绿色完全一样的西服，也许是那种颜色不会刺激蛇。说一句对不起高田的话，让我和蛇住在一起或让我抚摸蛇有点难为我。不过我为蛇皮的颜色、花纹的美而感叹，在想象的世界中称得上是一个爱蛇人。我出神地看蛇的房间：不会发出丝毫声响、一直静如宇宙的蛇、蜥蜴、乌龟等动物，甚至让周围的空气变得寂静，并展现出像亨利·卢梭的水边风景画一样的境界。

“绮龟喜龟窗”主人高田荣一，通过与动物共居一处获得了渊博的知识，他用那些知识和爱心爱护着他的蛇和鸟儿们。

我想养猛兽

法国女小说家吉普夫人刻画了全世界最可爱的少女露露，而我与露露心有灵犀。露露说自己比起人类，更喜欢动物。她喜爱黄色的大猫“果汁”。有一次，果汁被一只大狗咬掉了半边耳朵，露露姐姐的男朋友说：“把另外半边切下来怎么样？两边都没有才对称嘛。”听到那混账话，露露像忧国忧民的热血志士一样大发雷霆，当场回击：“哟，要是你一只眼睛瞎了，有人说你另一只眼也瞎了才好，你怎么办？”

我只养过狗儿和猫儿（狗儿分别叫庞克、梅菲、小黑、小茶、保尔、卡皮、阿熊，猫儿是房东太太逼我丢掉的黑猫阿市和像精灵一样聪明的黑猫朱丽叶）。如果让我说理想，那我想养狮子或豹子，那也是我殷切希望的。如果我还年轻，那给我一头小狮子或小黑豹（二者都有就更好了）会比给我介绍男友更让我满意。动物一般都很可爱，大动物就更有魅力了。我与我爱的露露想法一模一样：除了个别拔尖的男孩，一般男子比狮子、豹子更有魅力的可以说几乎没有。

持这种观点的我有一次看到了英国的Leslie Cruise家的起居室照片，感到惊羡不已：从小被抱来饲养的母狮、豹子、小豹仔、狗儿、猫儿、黑山羊各自待在长椅、扶手椅上，还有咬着小姐头发的豹子；大狮子和豹子都像猫儿一样慢腾腾地四处走动，用脸蹭椅子扶手。它们全然不像动物园的动物，不会整天百无聊赖地眯着眼睛。虽然动物园的动物受到园长、饲养员的喜爱，但动物园毕竟是供人娱乐的场所，园长和饲养员不可能给予它们更大的幸福。

十六岁的Shirley时而抱着狗儿看报纸，时而给黑山羊喂牛奶，时而缩着脖子让豹子咬自己的头发，她的幸福令我羡慕得流口水。豹子叼着Shirley的头发，旁边的狮子不甘示弱地把脸贴在Shirley椅子的扶手上。狮子看着豹子，感觉自己来迟了一步，扭着身子看起来很难过。小豹子双爪搭在两把椅子的扶手上，站着看狗儿舔它们共用的餐盘里面的牛奶。狮子们最受主人宠爱，营养似乎太好了，一个个成了胖娃娃，动作也笨笨的，失去了它特有的、小腹瘦如弓形的肢体美。不过，那景象实在令人垂涎。

魔鬼与黑猫

“今天是多么美好的一天啊。神啊，这是您的恩赐。”我心中默念，然后拿起了笔。我是第一次受人之托写动物，不过我曾经硬逼自己写过这个主题。

我心爱的猫儿、狗儿，还有让我想同它在床上待上一会儿的豹子（尤其是黑豹）、狮子……“如果有人要给我带来丈夫或恋人，那还不如把胖乎乎的小黑豹带过来。”说这种话，知道我年龄的人大概会笑话我，不过我只是打个比方。

与豹子或狮子躺在床上，有时打个盹儿，醒来后抚摸它们光泽柔润的亚麻色皮毛，或是黄褐色上点缀深棕斑块、黑底黄纹的毛爪子、肩膀、胳膊、胸脯、后颈那微微隆起的部位；与那双冷静的、比脉脉含情更漂亮的眼睛对视（它们眼神冷漠，因为它们用身体的动作和声音表示亲热），或者看着它们一个劲儿抬起下巴、无奈顺从的眼神。我光是想象，欢乐就已经浸透全身。绿叶装饰围住我和豹子，天幕完全降落下来。因为浑身覆盖着毛皮而有种清洁的印象，对性毫无罪恶感、洁净而纯粹，这不是很棒吗（读者别误会，我不是勒达[1]）。虽然我不是勒达，但我养的豹子（狮子也不错）数量不能超过一只。我要

1　希腊神话人物、斯巴达王后，与化身为天鹅的宙斯私通，产卵生下子女。

是和豹子一起生活，就会买一所从院门到玄关有小一里地、四周树木葱郁的房子。与其说我是为了防止那些分不清清洁和肮脏的人说闲话，还不如说我是为了不让自己无比快乐的生活在周围芜杂的世界中分崩离析。

一天早上，朱丽叶从天而降，仿佛是等着我似的出现在井边，就像一团滚圆的毛球。朱丽叶是一只黑猫，全身包括脚掌都是黑色，毛皮又柔又滑，浅绿色的大眼睛嵌着深蓝色的眼珠。它虽然和我一起生活了十三年零四个月，却从来没有发出猫儿最令人讨厌的“喵呜”的叫声，只是嘶哑地叫一声“咪”。它头脑聪明，不会像别的蠢猫那样眼馋地坐在骂动物是“畜生”、认为动物比人低等的女人家门口，它会躲得远远的。它在猫族当中也属于自尊心极强的那种，肚子饿了就走到放干鲣鱼拌饭或鱼的报纸那里，背对着我坐下来。干等一个小时后，它终于丢掉自尊，转身对我叫一声“咪”。有一次，我对蹲在衣柜上、眯着眼睛的朱丽叶说：

“朱丽叶，你知道魔国的魔鬼们不能让人类知道的魔国秘密吧。不过呢，那些秘密我也知道。我梦见你和一个鸟腿猫头的怪物一起在天空飞，那个和你在一起的是什么家伙？你装出在我旁边睡下的样子给我看，其实每天晚上是去哪里了呢？”

朱丽叶，你死去那天下午从床下看我，对我叫了一声。直到今天，你的声音仍然揪动我的心。那比我母亲去世时的记忆还要让我难过；因为你不知道自己是猫，也不知道什么是死，一直那样幸福着；可到了最后一天，你似乎果然明白了什么……

你的纯真，你的恶魔

剪图魔

从报纸、杂志中剪下中意的照片，这成了我生活中的一大乐趣。我剪下来的照片多种多样：西欧男子的面部写真，留着漂亮发型的巴黎美人，姿态模样可爱得令我落泪的狗儿猫儿，威武的狮子，美丽的蛇和鱼儿，还有认真的人、恶魔般的人，等等。至于为什么要把它们剪下来，那是因为我所处的这个世界几乎没有漂亮的、有魅力的东西，我看到的可以说都是讨厌的、丑陋的东西，而我看着那些剪下来的照片就能得到一刻宽慰。动物实在可爱，自从黑猫朱丽叶死后，我没有心情养猫，也不可能去热带丛林旅游。西欧的俊男美女，我没有机会见到；我每天散步路上遇见的狗儿当中，只有一只有魅力。

也有的照片是我出于别的目的剪下来的，那是为了把照片里的形象写进小说：树林对面朦胧可见的房屋，透出一个悲剧之家氛围的餐桌，正派、孤独又有点固执的男人的面孔，可怕的面孔，狡黠的面孔，可怜的生病的孩子，酝酿着大场面的温室，等等。

就这样，我剪下来的照片的数量很可观。大海，或是波浪拍打的岸边，看实景都不如印刷欠佳的新闻杂志，杂志照片由于模糊，透出一股阴郁的情绪，让我感受到失恋青年眼中的海边风景，给我带来很棒的灵感。

我不仅把眼下需要的图片剪下来，还把现在不需要、以后可能用得上的场景和人像图片剪下来，忙得不可开交。写小说很痛苦，但一边想象，一边剪下各种图画的过程很愉快。因为那当中我会有种感觉，仿佛自己能写出更为情趣盎然的小说。所以我拿着剪刀的时候心情不错。

法国人的领带

请大家翻开电影杂志，注意法国演员的领口。

当然，我说的不是那种长着一张牧师面孔的演员，而是那些每天专注于恋爱的演员。不知为什么，法国男人的面孔分为两类：魔鬼般的惊艳面孔和僧侣般严肃的面孔。因为是基督教根深蒂固的国家，魔鬼的队伍也因要与之对抗而壮大起来了吧，我想；但仍觉得法国是个奇怪的国家。

而美国等国的为爱痴狂的人们的故事，只能让我感觉那是野兽的国度发生的事情。换作是法国，野兽虽然是野兽，却会让我想起十七和十八世纪牧神法翁、酒神巴克斯、半男半女的美貌青年的雕像，让我想起林中仙女宁芙似的宫廷美女。

和真正奢侈的人从不刻意摆阔是一个道理，看看法国美男子的领口，他们似乎连打领带的意识都没有。柔软的白衬衫领子下，有一条随意系着的领带。领带通常是纯色无纹的，也不讲究系法。既不会为了时髦而用力系出结结实实的细结，也不会系得特别松（在日本，新郎官常模仿十九世纪的系法，弄得跟阿尔丰斯·都德和皮埃尔·洛蒂一样）。

对领带毫不在意的男人，就像那些绝非假装，而是确有关系稳固的女友，或专注于工作，不再介意其他女性目光的男人一样，非常有魅力。

总之，他们穿流行款式的西服也要穿出松松垮垮的感觉。什么西服料子是英国的、帽子是博尔萨利诺帽[1]、领带是意大利的，他们毫无那种炫耀的味道。他们偶尔穿得时髦一点，比如灰西服配黑背心和黑领带，或是灰西服单配黑领带；若是年轻人，就是藏青色西服搭配比西服颜色更深的无花纹领带。因为他们知道，衣服颜色花纹不杂乱，不用怪颜色，才会更添几分魔鬼般的美。

日本男人虽然没有必要效仿法国人，但打领带时，“打条抢眼的领带”“打得时髦点”之类的“领带意识”，还是最好别有。

1　意大利名牌帽子。

黄金与珍珠

领带别针和袖扣，是旧世纪（黄金、宝石和蕾丝比比皆是的十九世纪以前）以华丽绚烂为美、讲究装饰性的时代风气在男性服饰中留下的遗迹。

豪华的烛台和灯光中的黄金座钟，哥白林挂毯，边缘和腿部嵌着黄金的长椅、脚凳，撒上金粉、银粉的女性头发，鸵鸟羽毛扇。热拉尔笔下的雷加米埃夫人，戈雅笔下的玛雅夫人，歌剧院看台深处手捧山茶花束的玛格丽特·戈蒂耶，法国王后玛丽·安托瓦内特，她们天鹅般的脖颈和维纳斯般的胸脯上熠熠生辉的黄金、宝石……领带别针和袖扣汲取了那个世界的潮流，随着复古的风潮，与帽子、缎带、女用金银发粉等一起在现代社会复活了。

即使在今天，人们也仍然青睐用黄金或宝石做的东西。比如，仅点缀一颗珍珠，此外别无赘物的银胸针就是美的（与珍珠、钻石等素净的东西不同，颜色浓重的宝石给人的感觉过于老气）。不过，我觉得用其他材料也能做出透着古典情趣的现代装饰。

巴黎的电影院有种叫作“给你惊喜”的脆皮点心装在盒子里出售，里边总会藏着一些有趣的玩具。我买到的里边藏的是木头鞋形状的领带夹（一只金色，一只银色），它实在是漂亮，我便把它带回了家。弟弟要去比较讲究的地方时就会夹上它出门，那样子相当时髦。

也有胸针，形状是胳膊肘支在巴黎圣母院的栏杆上俯视巴黎、脸上带着可怕的笑容的怪兽喀迈拉、梅菲斯特（《浮士德》中的魔鬼）、捧着珍珠的埃及奴隶等。每种都很有趣。但也有的赠品做得很蠢，例如就像把圣诞蛋糕上的那种银珠咂出来后穿成的假珍珠项链、玻璃仿造的翡翠领带夹等。

在银座、日本桥一带的商店，我经常见到一些用贝壳、银、白金、钢等材料做的别针、袖扣。那些别针、袖扣图案简单，没有什么装饰，也是我喜欢的东西。以前我在“御木本”店定做的袖扣很漂亮：珍珠色的圆形贝壳镶着细细的白金边，正中有一个用小粒珍珠做的人儿。我有自己的趣味，觉得梅菲斯特、喀迈拉、苹果（象征亚当和夏娃偷吃的苹果）等形状的白金领带夹和橄榄色或黄色钻石的领带夹衬在黑色、银灰色、水灰色之类的纯色领带上很好看。要戴领带夹，领带就只能是纯色、纯色有织纹，或乍看像纯色的碎花纹领带。

丝绸围巾

无论是日本还是外国的东西，我都不属于清楚其常识、门道的那种人。印象中，过去丝绸围巾好像是出席重要场合的配饰，无论是在盛大仪式还是普通仪式上都要围。盛大仪式围白丝绸围巾，一般仪式就围黑底配灰、银灰色或白色条纹的。花纹丝绸围巾是在出门时或更随意的场合围的。

现代欧洲那些有传统的国家，人们穿毛衣也还围丝绸围巾。男女出门的便服上系的丝巾似乎也是纯白色的，那让我很喜欢。不知道是什么时候的事了，有一位欧洲音乐家还是什么人物的太太，穿着黑白花呢圆领上衣，脖子上随意地系着手帕大小的白丝巾，样子非常好看。

关于男子的白色丝绸围巾，我有一段忘不了的回忆。那是在巴黎的时候，有一次我和丈夫去歌剧院（歌剧院只上演歌剧，附近有歌剧院大街、里沃利大街等繁华街，奢侈品商店鳞次栉比。那些灰色的店堂深处，恰如其分的灯光照出了铺满天鹅绒的布景，上面陈列着宝石、香水、项链、耳环、戒指等。），那里正在上演威尔第的《弄臣》。幕间休息时，我看见了一个戴着白色围巾，手肘处挂着一支精致的细手杖，手上拿着双白手套，身穿燕尾服的男子。那人把礼服斗篷的半边撩到身后，正对着舞台下方的观众，向二楼正面和楼厅包厢投出大胆的猎艳的目光。丈夫对我说，如果不是相当有自信，是很难直挺挺地站在那里的。如今我或许会觉得那样很不错，可在当时十八岁的我看来，那男人实在是厚脸皮。

不过话说回来，戴着Tecla（人工养殖珍珠专卖店）的项链、穿着老佛爷百货商店的特价衣服、晃晃悠悠地走进金碧辉煌的歌剧院（巴黎的建筑内部虽说是金碧辉煌，但都是变旧变淡的金色。法国人很喜欢金色，用得也很优美。犹如一排铁枪竖立的巴黎小皇宫围墙的顶端都涂成了金色。）也需要一点勇气。

背心的故事

众所周知，男人们穿背心从来就不是为了防寒，而是为了好看。

翻开法国的简装本之类有插图的小说，男人的黑西服里面穿着白底黑点的背心。如今看来虽然奇怪，但那在当时是潇洒的巴黎人的打扮；虽然也有防寒之效，但它原本的目的是为了好看。当时的人一般留那种上翘的胡子，那是一种时尚，十九世纪初的阿兰·德龙、莫泊桑《漂亮朋友》的主人公也是那副打扮。也有纯白色背心，那是在正式场合穿的。

刚才我忽然想，若是巴黎的美男子——比如让·克劳德·布里亚利——系着白领结、配上硬一点的领子，在黑色燕尾服（不管是什么样的美男子穿燕尾服我都讨厌，但要系白领结就不得不穿它）里面穿上淡灰色背心，会英俊得惊人吧。尽管那是一套奇怪的着装，既不适合典礼场合，也算不上特别时髦抢眼。我曾经在小说中写过这样的男子：穿着黑色西服和淡灰色背心，系藏青和暗红相间的斜纹领带，坐在酒吧的高脚凳上。我只见识过旧日的巴黎，既没有熟读《男子专科》杂志，也不可能咨询最近开始设计男装的皮尔·卡丹，不可能熟悉最新的流行趋势。但我就好像昆虫头上长着触角，总能通过电影杂志等书刊，凭直觉摸清巴黎时装的最新动态。

背心确实好看。至于副教授穿在西服里面的，太太织的鼓囊囊的茶色背心，还有木屐店大叔松松垮垮的毛背心，那就另当别论了。

我喜欢黑色背心。穿黑色羊毛背心，配上黑上衣、纯灰色塔夫绸领带、灰黑相间的细条纹裤子应该不错。四十岁左右的人适合藏青和灰色相间、中间加醒目红线的斜纹领带。如果是便装，可以穿针脚密实的黑色毛背心，外套大衣下是黑白相间或纯黑人字纹上衣，腿上是灰色的劳动裤或工装感觉的棉布裤。这些都是适合我喜欢的法国演员的着装，也可能过于独特了吧。

手套的故事

记得以前在巴黎的时候，我去逛手套专卖店，漂亮的店员走过来，把我的手放在软垫上，先擦上足量的滑石粉，然后拿起我挑选的手套，把它慢慢套在我的一根根手指上。动作非常温柔，仿佛对待恋人一般。戴着栗色或深棕色的手套，我感觉自己的手变成了公主的手。巴黎的店员不知道这个奇怪的女子是来自柬埔寨还是中国，却把她当公主一样对待。反观东京的店员，客人不赶快挑货、付钱、走人，他们就一副臭脸。两相比较，我不由感慨万端。店员的态度且不论，手套是种很需要讲究的东西。若没有巴黎那样的手套专卖店，那就很难指望买到好手套了。

法国男人用“定做的手套”形容跟自己般配的太太或恋人。这个比喻就能说明，手套比领带、围巾等更有讲究。

还有，把手套戴得漂亮的手也难得一见。劳动者争分夺秒地戴上里面有毛绒的皮手套或白棉线手套跳上卡车，那个样子富有美感和魅力。不过，闲时外出的男人戴着手套的手只有防寒之类的实用感，看起来很乏味，弄得我这个旁观者的人生都变得无趣。

为了美观而戴的手套，却不知为何看上去只有防寒和实用的感觉。这虽然受手套做工的影响，但主要还是戴法的问题。

手套固然讲究皮质、做工和颜色，但最重要的仍是戴法。即便是便宜皮子做的手套，戴一段时间就会服帖，所以关键还是要掌握手套的戴法。

有人说，手有五根指头，戴手套就是把手套戴到那五根指头上——我说的戴法与这种人毫无关系。说明起来有些困难，简而言之：带着明确的美观意识去戴手套，戴起来自然就会更漂亮。怀着美的心情、用美的动作去戴，也能把手套戴出西方人的那种风范。

对日本人来说，西装虽均属外来事物，但手套尤其是。日本人从来没有戴手套的习惯。武士在雪中走路也是赤着一双手。不过，骑马或打仗的时候，武士似乎会戴缀着樱花或菖蒲皮的碎花皮手套。已故的市川左团次[1]精彩地演绎了文采风流的武士，而那些武士都以赤手为美。所以也许是因为手套在日本的历史并不长，人们还没有掌握戴法吧。

1　歌舞伎演员名号。始于明治时期，至今已传四代。

日常的手帕

有一种手帕像雪、像泡沫，几乎全用花边做成，只在正中有一点布面。除了隆重的宴请场合，平时人们也带这样的手帕，连男人的手帕也有花边。法国路易王朝时期，手帕也是一件豪华的饰品。

十九世纪的法国仍保留着一些路易时期的传统。有观点认为十九世纪到二十世纪初，男人的手帕是社交和恋爱场合的一种小道具。如果现在的男人一边看着女人的脸说话，一边用高级手帕轻轻擦拭手杖的银握柄，或隔着手帕捏弄女人的手，那就太造作了。不过如果在郊游时用手帕为女伴擦椅子，纯粹实用地大方地去擦，那当然很好。如果现在有人或多或少地带着古典气度使用手帕，那他只能是法国男人，是地地道道的装腔作势的法国男人；那是法国男人的特权，毕竟法国男人是久经情场、装腔作势也分外有魅力的特殊存在。意大利人大多呆头呆脑，如果是罗珊诺·布雷兹[1]之流来这套的话，那会让人看不下去吧。

如今这个时代，男人的手帕只要从西装的胸前口袋里露出，就马上能分辨出它是绝对不会使用的装饰品，还是纯粹的

1　罗珊诺·布雷兹（1916—1994）：意大利演员。

实用品。首先，现在除了某些特定的场合，手帕还是不要从上衣口袋里露出来。如今是所有浮夸之物都被排斥的时代。正如各位都领略到的，像树一般高大笔挺的安东尼·博金斯在他主演的爱情电影里，隐约有一股法国式的（因为他喜欢法国）、希腊式的风范，魅力非凡。

胸前的手帕若是简单的格子纹，也就避免了过分花哨的危险，现在也能带得出门。格子手帕的底色最好是白色，其次是浅茶色、灰色、淡灰蓝色，最多是淡橄榄色；太过显眼的颜色还是让给法国人为好。如果要花哨，就必须达到出神入化的境界才行。

稍正式的场合，白手帕也不是不行。特别在晚春时节，三十多岁的男士胸前口袋里露出白帕一角；那颜色仿佛剖开了春天的迷蒙温吞，令人眼前一亮，传递出即将来临的夏日的清爽。我非常喜欢那时节的一抹白色。如今人们从二月起就用起白手帕，但感觉不同，那是草莓和樱桃季节的白色。

麻的奢侈

麻衬衫自不必说，麻内衣、麻西服、麻手帕、麻和服，用麻做的东西都让我喜欢。麻可以直接说成“麻”，也可以用英语“linen”称呼。麻料不仅质感好，“麻”字的感觉也很好，“麻”的日语读音“阿萨”和英语“linen”的发音也都不错。麻的颜色也好，比如上等麻织品那不时掺入一丝咖色的淡雅白、染过的上等麻布的深蓝色、麻被子等物素雅的月白色。麻料衣服穿起来凉凉的，很清爽，会让人瞬间忘掉盛夏热带般的暑热；麻的手感是鲜活有力的。像麻这样，从名字到与其相关的一切都让我喜欢的东西还有核桃、葡萄酒、香烟、咖啡等。

穿着麻衬衫，抽着烟，喝什么都不兑的苏格兰威士忌，间或喝一杯凉水，那大概是男人散发魅力的一刻吧。身穿麻衬衫，西服也是麻质的（素雅的白色中隐约透着咖色的顶级麻料），手持雪茄，雪茄的烟头上堆着灰色——烧过的人骨那样的颜色——的烟灰，坐在那里架起腿来，脚上穿着深棕色——隐约泛绿、像泥土一样暗哑颜色的鞋子——这是最棒的装扮。（虽说只要有颗绅士的心，就算衣衫破烂也是绅士；但若能衣着考究自然更好。）穿麻料衣服的男人有一股凉意。（穿麻衬衫的人即使出汗，即使面色黝黑一脸倦容，麻衬衫也会让他看上去有一股清醒的凉意。）那会让我产生联想：将里边的西洋菊茎染成深绿色的玻璃瓶；注入苏格兰威士忌时，杯中微微冒出水雾的冰块；透过百叶门缝隙的细小的金色光束照射下的桌子上的冷水壶。即便是便宜货，只要是麻，就会有好看的白色。如能用麻做一些便宜的日常外出服，根据场合换着穿，那就是我最喜欢的一种奢侈。

刚才我提到了“奢侈”，麻织品既漂亮、奢侈，又具有良好的实用性。麻的实用性有别于百货商店特惠商品的实用性。麻衬衫比棉衬衫耐穿得多，而麻西服只要别做成特别流行的款式，就能穿一辈子也不过时。而且最重要的是穿麻料衣服的人自己凉爽，还能让观者分享到那份凉爽。

我喜欢麻，对属于麻的季节——盛夏——的风景记忆深刻，我联想伦敦、印度英租界等地穿麻料衣服的男人们，联想艳阳高照的海岸边沙子的反光、联想晒黑的赤脚边飞溅开的火星般的沙子，写下了这篇文章。

西服之美

以前一提起男人，西服就会浮现在眼前，好像“西服即男性”。如今，即使是穿大衣的季节，也有很多人只穿厚毛衣就在街上阔步而行。比起一成不变的西服，人们认为朦胧灰、砖红色、象牙白等颜色的毛衣更好。这种感觉我也懂，但是，把一成不变的西服穿出风格，是件非常棒的事情。如果做不到这一点，那就算穿毛衣，效果也不过尔尔。

如何穿着西服展现个人的美呢？第一，不要过分拘泥于流行款式。不要穿像从瘦子朋友那里临时借来的那种紧巴巴的上衣，不要穿木匠补丁那样的裤子，也不要穿大翻领纵贯整个前胸、就像大猩猩穿的那种西服。第二，西服多少做得宽松一点，当然不宜肥大。第三，颜色要有深度，不要浮夸。第四，要穿得自然随意，这一点最重要。如果这样穿西服，自己的人品、内涵以及起身、架起腿时的特征动作就会极自然地流露出来。那时每个人的西服装束就会展现出个性，东京街头行走着千篇一律的“西服人”的奇特景象一定会消失。

比如在英国女王的加冕典礼上，有一个腋下夹着拿破仑式帽子、胸前戴着勋章、优雅地走在队伍中的男子。那个男子穿着有领毛衣，散发着优雅而粗犷的气息。那份粗犷并非长了许多金色汗毛，分不清是人是兽的美国男人的粗犷。

穿半休闲的西服时，重点还是要穿得自然随意。至于颜色，在法国，年轻人也穿黑西服，平时也常单穿一件黑西服上衣。但在日本，黑西服会给人感觉太死板，会被认为是丧服，或感觉像牧师。所以深藏青色的西服，配纯藏青色或藏青斜纹领带是最佳方案。这种组合固然单调，但它会随每个人的不同气质散发魅力，这才是穿西服的正道。

男士毛衣

我记得一些特别的毛衣：去世九年的詹姆斯·迪恩饰演的卡尔（电影《伊甸园之东》中的少年）系在腰间的毛衣、在货车上蒙住脑袋时的毛衣，还有像弯曲的大树一样、略显忧伤的安东尼·博金斯身上的黑色套头毛衣……总的来说，男士毛衣造型随意、很能体现个人性格，无论老少都可以体验它的趣味。不过，我不会写法国演员与毛衣的故事。因为法国演员更适合穿贴身衬衫或穿晚礼服、戴黑色领结，而不是穿毛衣。

我个人猜测，毛衣是绵羊的国度——英国或美国发明的衣服。法国似乎管毛衣叫开衫。“开衫”在西方国家通常指那些舒适的上衣。法国人也许是因为没有“毛衣”一词才用“开衫”来代替称呼吧。英国人可以说是与绵羊毛料颜色相称的人种，有玫瑰色的面孔和亚麻色的头发，配上沙色的毛衣，那模样非常好，在穿毛衣的人当中拔了尖儿。说起来，毛衣本来不是“格”多高的东西。至于脱埃·唐纳荷、桑德拉·狄[1]穿的红色或嫩黄色毛衣，那不过是小姐少爷们为了不得感冒穿的衣服罢了。毕竟“sweater”这个词的原意就是“一种让人出汗的东西”。听一位万事通说，毛衣曾经用来帮助胖人出汗减肥。

---

1 二人均为美国演员。

如果真是那样，毛衣就更谈不上有什么“格”了。

在日本，除了银座一流的成衣店，别处都做不出轻软的男士西服或女士套装。在这样的国度，毛衣就是人们的救星。我虽然开口闭口都是法国，却不曾穿过法国老佛爷百货的高档衣服，无论是礼服还是套装。我没有勇气迈入银座的一流成衣店的门（即使只是从店门前经过，看上橱窗一眼，店员也会拿眼睛瞪我，那种眼神是巴黎商人无法想象的）。我只好穿柔软的针织布套裙或毛衣，却因此避免了穿着笨拙（尤其肩部很难看）的西服瞻前顾后地走路的滑稽场面。所以对于男士而言，毛衣多数情况下都比做工拙劣的西服好。美式英语中好像有“sweater look”的说法。从上文的角度看，毛衣迅猛流行开来是一件可喜可贺的事。

类似镶深棕色皮边的藏青毛衣固然好，但单色毛衣也不赖。送朋友到车站的男子，还有待在屋里、躺在长椅上抽烟斗的男子，他们穿的那种织工粗糙的有领毛衣；还有穿着凉拖、裤脚下露出沾上些许灰尘的年轻脚踝的一高学生身上的手织高领毛衣；都是我的最爱。

雨衣之美

雨衣是种不可思议的东西，它一边给人职业人士专用品的印象（而且还是那种经常奔走在一线的职业人士的专用品；或许是因为雨衣轻便，卷起来便于携带，天冷或下雨时又能防寒挡雨），一边又有种浪漫气息。雨衣给人漂亮的感觉，所以骤雨来临的时候，男女恋人会一同披着雨衣走路，那也很棒。因为雨衣完全不属于出门的正装一类，所以即使不太合身、多少有点肥大，顺手从衣架上扯下来就皱巴巴地穿起来也无妨。

许多年前，电影杂志深紫色的页面上有一张照片：钱德拉·菲利普裹着皱巴巴的雨衣，倚在商店门口。深紫色衬出了菲利普那优美的、少女春愁般的感觉，令我记忆犹新。

雨衣因为属于工作装，即便有点脏也是加分的。不过，前提是仅限于当天弄上去的脏。雨衣脱下后，要用优质挥发油擦。男人擦雨衣的时候有讲究，比如领子不能擦得一片模糊，而要擦得深浅不匀，那样才算漂亮。不过，雨衣得在穿的时候擦，所以如果是约会的日子，男士就成了散发着挥发油气味的恋人了。

幸运的是，男式雨衣没有花朵图案的，没有玫瑰色或油豆腐皮那样的黄色的；大多是藏青色、浓淡相间的灰色、水灰色、米黄色、栗褐色、深棕色和土黄色的，这些颜色都不错。

雨衣衬里的布料也好，一般是暗色大格子花纹。雨衣平时随意地挂在衣柜里，用的时候再拿出来，用挥发油猛擦一通，然后穿在身上，一般人都会潇洒起来。

深藏青色雨衣配颜色更深的藏青色领带或淡蓝色的细缎领带，这样的打扮不错；土黄色或米黄色的雨衣配上素净的意大利花纹围巾，这一身也谁穿都好看。有一天，我在银座商店的橱窗里看见一件淡蓝中带灰、颜色像多云的天空一般的短雨衣，上面有深棕色的木扣子。那时我想，自己如果是个美少年，就算把洋装全部当掉也要买下那件雨衣。不过如今，东京似乎没有那种适合美少年行走的街景了。

恶魔与青年

人们都说现在的年轻人（不是“青年”而是“年轻人”，因为现在配得上“青年”这样的好词的人太少了）心里头有恶魔。从前，无论是青年还是已不再青春的人，但凡有点追求的，往往都有恶魔的一面。而现在的年轻人心里的魔，不是恶魔那类有趣的东西；无非是因为精打细算、明哲保身、争名逐利而产生的小气的恶而已。

萩原朔美有追求，他的表情是那种表情。不过，我还不知道他的追求是什么。他立志当导演，拍戏会成为他的追求吗？他曾经写诗玩，诗会成为他的追求吗？他如今一边学习导演一边登台演出，演出会成为他的追求吗？抑或他会有别的追求？今年二十岁的萩原朔美的将来还处在一个未知的世界中，他这个“小宇宙”还是一片混沌。出生时，他脱离了母亲萩原叶子的子宫；而现在的他进入了新的一团混沌——“青少年的季节”。

作家萩原叶子有双跟她的诗人父亲萩原朔太郎一模一样的，充满魅力的眼睛（说的是她摘掉眼镜时的眼睛，戴眼镜时的感觉则截然不同）。作为叶子的儿子，萩原朔美的名字里取了外公朔太郎的“朔”字。与其说萩原朔美是青年，不如说他是少年更合适。他内心某处仿佛饲育着魔鬼，他有虚无主义思想，理性多于感性——这些都并非来自外界强加，而是发生于他内心深处。我认为这是好事。

我知道他这个人的存在是理所当然的，那是我和叶子成为朋友的时候，大约是在六年前。虽然早就知道他的存在，但我认识他、重点是和他有交流，是最近才有的事。我刚知道他的存在时，他好像正处于少年的叛逆期，不愿和母亲、祖母、母亲的朋友、所有的亲戚还有身边的人说话。对我而言，他是一个无趣的人。

在叶子家里，我们两三个朋友聚在一起说话，他只是从房间的一角迅速斜穿过去。我们说话的房间挨着厨房，他就像猫一样从厨房进出。为了回到自己的房间，他必须硬着头皮经过我们身边。我们登门拜访一般是在下午到晚上的时间段，他至少会斜穿房间一次。如果他要出门或去厨房喝水，那就要打上两三次照面。但他始终一声不吭。因为他长得帅气，富冈多惠子等人便打趣地说自己“要是年轻姑娘该多好”。有一天，拜访叶子的评论家进藤纯孝从车站打来电话，说他不识路。那时叶子说“茉莉和朔儿去接一下吧”，因为她知道我一个人去可能会迷路。我忘不了那晚的怪异情景：前去接人的我和朔美就像听说附近失火的陌生人，在街上朝同一方向跑着，谁也不看谁一眼。

萩原朔美在以演员身份加入天井栈敷剧团[1]后变化很大，他慢慢开始和我说话，甚至会讲笑话了。不和大人说话的时期过去了，他又进入了揶揄大人的愚蠢的青年期。那是七八岁以

1　日本先锋派剧团。1967年成立，1983年解散。

后第二个“自以为是”的时期。如今，他用略带嘲弄的眼神看母亲萩原叶子和我。有一天，我说我在北海道的报纸上发表了“拙论”（我写评论外行，便发挥谦逊的美德，说是“拙论”）。他俊俏的面庞上浮出一丝嘲笑。我这个老小孩便较起真来，展示了一篇“拙论”。值得庆幸的是，他说了一句：

“还行吧。”

榎健[1]

双眼皮大眼睛、浓眉、高鼻梁、嘴角，还有那周围的轮廓，这样的五官就应该从“面明”的光焰中浮现。“面明”，是一种照明用的长柄烛台。过去没有电灯，演到关键场面，演员双目圆睁或是屏息凝视时，面明就要举到演员的脸前。不妨想象一下：仁木[2]从花道[3]入口缓步登场，口衔一只卷轴，眉间一道伤疤，两只眼珠聚焦在作发咒之势的手指上，那张脸就像最近外国电影里的名演员脸部特写那样，从一片黑暗中浮现出来。如果日生剧场把演出全本狂言的企划再改进一下，挑精彩场面调暗灯光，使用一两次“面明”，那么不爱出门的歌舞伎爱好者也会闻风而动吧。这是我个人的秘密企划。像中村勘三郎饰演的仁木、中村歌右卫门[4]饰演的八桥，最是应该用面明来映衬。

现在的日本，喜剧演员、喜剧作家、幽默小说等比普通戏剧低了好几个档次，既不受评论家重视，也不会成为评奖对象

1 日本喜剧演员榎本健一（1904—1970）的昵称。

2 仁木弹正，歌舞伎剧中的代表性反派。

3 从观众席左侧后方直达舞台的通道，供歌舞伎演员上下场使用。

4 中村勘三郎、中村歌右卫门均为歌舞伎演员名号，初代始于江户中期，代代传承。

(榎健之所以获得紫绶勋章[1]，大概是由于他给大众带来了欢乐，而不是因为他的演技胜过导演兼“知性演员”的卓别林吧)。在那种风气中，一本正经的赞美或许显得滑稽，但我还是要说一说榎健。榎健昭和初期在浅草的“松竹座”开创了属于自己的时代，那时他出演的歌舞伎剧、落语剧、评书剧具有喜剧色彩，演技透出优秀的歌舞伎风格，而那种风格让老观众和歌舞伎爱好者总是意犹未尽。他追求表演效果，故意演得一本正经，然后再猛然抖开包袱。当时他组成了Pierre Brilliant剧团，出演两类喜歌剧：一类是歌舞伎剧、落语剧，另一类是具有巴黎小剧场风格的诙谐歌舞剧。无论是哪一种，都比今天的音乐剧更有趣。至于那些剧目怎么有趣，我无法用文字表达。不过我记得，他在“水族馆”剧场演出时，门口常停着外国大使馆的车。有个法国人看他在松竹座演的《卡门的闹剧》，高兴得离开座位，溜进管弦乐团当中，前仰后合地大笑不止。

榎健演出了各种各样的歌舞伎剧、落语剧等戏剧，打出了“榎健出品”的旗号。当我观看他的《留下来的佐平次》等剧目时，我感觉自己从未见过的、江户时期的著名配角演员（名字大概叫马十或龟助）的身影隐约出现在眼前。我想看他饰演的蝙蝠安，想再看一遍他饰演的佐平次和《骆驼阿马》中那个收破烂的，把他的语言艺术和优秀的落语家比较比较。

他虽然生于麻布[2]的商人家庭，但拿腔拿调的台词和潇洒的举手投足却像神田神社一带的人，或日本桥的鱼店老板，武

---

1 日本政府授予在学术、艺术、发明等领域贡献卓著的人士的奖章。

2 东京市地名，位于港区中西部。

戏和唱念也跟从小入行的歌舞伎演员一样纯熟。许多年来我一直觉得不可思议，这次我见到他，一打听才知道那不只是因为他天赋异禀。无论是武打还是绘画六法，只要角色定下来，他就会去跟着那些领域的行家学习基本功。

还有一点不能漏掉，榎健对西方音乐的感觉造就了他最有趣的诙谐歌舞剧。我看过他的一部诙谐歌舞剧，剧中他饰演管弦乐团指挥。舞台上，他挥起指挥棒，全身顿时化为音符；乐声犹如一阵疼痛，从他的肩膀传向胳膊，又从他的胳膊传向手指。演奏结束时，强劲的乐声如电流般穿过他的全身，通向指挥棒的末端。那一刻，我想起了阿尔丰斯·都德在小说《苦恼》中对自己的风湿病的描写："疼痛从我的肩膀穿过胳膊，又从腰部穿过腿部，简直就像一团火……"当我和三十年前为我母亲送终的正木先生去后台拜访他的时候，他的脸上带着笑意，闪闪发亮的眼睛宛如跃动的红日。如今他愈发老练，终于练就了一张著名歌舞伎配角的面孔。我真想再看看他在舞台上饰演的那些动作轻快的角色，比如《芝滨》中的长兵卫。

室生犀星之死

自从那天得知室生犀星胸内有灰色的硬块，茉莉就开始了害怕面对犀星的日子。犀星却似乎不知道自己胸内有硬块，像往常一样坐着冲茉莉笑。

《生活手帖》杂志送的抹布垫在书桌上，上面的托盘里摆着从五反田带来的鳗鱼、清煮叉牙鱼、筑地寿司店的金枪鱼和用金泽大酱做的豆腐汤。犀星侧身坐在桌前，动筷夹菜。茉莉默默看着犀星吃饭的样子，心里难受；又看犀星起身打开拉窗，心里还是难受。

然而，茉莉不会减少去大森的犀星家的次数；即使不愿意，她也一定要去。于是，茉莉去了大森，坐在犀星面前，脸上露出平静的笑容。犀星说了句玩笑话，茉莉大声笑了起来，像往常一样陪犀星进餐。

当自己碰到犀星的目光时，茉莉给身心注入力量，熬过那痛苦的瞬间。每次去拜访，犀星至少要看三次茉莉的眼睛；茉莉拼命强撑，终于熬了过去，一次都没有失败。

有一天，犀星露出知道了自己胸内有硬块的表情。那是看穿了人们的演技并嗤之以鼻的怪异苦笑。但一瞬间，那副表情就消失了，取而代之的是——也许是装出来的——天真的表情。那一瞬间过后，犀星又变回了那个坚信自己只是肺炎加重了的人。

那是什么表情呢？或许是认为茉莉还是个孩子，犀星没有对她说那种挖苦的话，也没有对她展露过那种冷冷的笑，没有。当然，那一瞬犀星的嗤笑不是冲着茉莉，而是突然低下头来，对着榻榻米独自发笑。

茉莉时常回想犀星那次嗤笑的表情，试图透过那表情去猜犀星。于是，犀星舒心的笑容、话语和举止都开始像在演戏一样。犀星演戏的世界是一个可怕的世界。

犀星仿佛在说：

朝子、礼子、节子、正宗白鸟、佐藤春夫、伊藤信（在犀星家，伊藤信吉被称作“伊藤信”）、堀多惠子、森秀男、近藤信行、小岛喜久江、松本道子、栃折久美子[1]、森茉莉，你们都在骗我呐。可惜你们骗不了我。骗我的人并不了解我。我要让你们好好瞧瞧，我会迎着死神，按住它朝它吐唾沫，和它拼到底。那会是一场好戏，这样的好戏不是到处都有的。我就是头上倒竖着十五六根硬毛、眼睛锐利、嘴巴尖尖的秃鹫。我要当着你们的面抓住死神，跟死神搏斗。我拼上全部力气、全部精神扑打翅膀，夺回自己的生命。要是死神比我厉害，我就堂堂正正地输给它。我会亲手把自己的生命交到死神手上，交到癌症这个灰脸家伙手上。

那时我会说：“喂，这是我的命，想要就拿去吧。”

1　正宗白鸟及以下各人均为日本文学界人士。本篇下文中出现的中野重治等亦为当时文人，不再一一注释。

那些以为把我骗住了的人，最好继续装着傻看我和死神决斗。在那段时期内，我会装傻给他们看；我会让他们看到，我完全中了计，被他们骗了。他们毫无察觉，见我懵然无知的样子就说：

“这就对了，爸爸还没发现。把癌症的病情告诉爸爸这么残忍的事，照子（朝子把自己的名字念作‘照子’）办不到，怎么也办不到啊。”

也许还有人会说出这么一番话：

“看到先生不知道自己得了癌症的样子，我心里很难受；看到先生知道自己得了癌症的样子，我心里还是很难受。所以我要忍耐，而这种痛苦的忍耐会持续到什么时候呢？我不能让先生以为我在躲避他的目光，我不能让先生以为我对他隐瞒了可怕的病情。想到那里，我不敢和先生目光相对。可是最近，每次我见到先生，目光相对的场面都会出现四五次，甚至更多。目光相对的那一瞬，我不动声色，心里却非常紧张。不止于此，我讨厌看见一无所知、安然自得的先生，讨厌看见先生的背影，也讨厌看见先生的青色外褂。在虎之门医院，先生绝不是个老人家，他是个男子汉。他穿着青色外褂，就像一只拥有强劲翅膀和威猛气概的青色秃鹫。所以，当我看见那件青色外褂像死蝉闭合的翅膀一样挂在床脚的架子上时，我心里那股滋味啊。算了，什么都不想了。这种情况不会持续两三年。某一天先生就会解脱，把那件青色外褂化作翅膀，晃动着变得清瘦苍白的身子，快乐地从医院的窗户飞出去。那时先生离开了癌症，离开了恶心的病床，离开了输液瓶，离开了臃肿笨拙的人工呼吸器。先生含笑俯视我们，飞向我们不知道的世界。那里有堀辰雄，有萩原朔太郎，有北原白秋。而在凡间有一场酒宴，中野重治、平木二六、三好达治、宫木喜久雄、伊藤信吉等人聚在大森的先生家，把悲伤和对先生的感情藏在心底，放声大笑，也发表一些针对先生的评论。不变的欢乐，爆发出阵阵欢声笑语的酒宴等候着先生。在去那个世界的途中，先生会在大森上空盘旋，驻足片刻，用悲悯的目光守护我们一会儿吧。他看到朝子浮肿着双眼，在跟来客打招呼；看到拘谨万分的我那一脸呆相；看到栃折久美子和广重知子一如既往地互相嫉妒、攀比身上的洋装，心底带着疑问：先生真的死了吗？”

也罢，想说什么就说好了。不管怎么说，我必须使出浑身力气，尽量平静地准备人世间最后一场较量。不过，要把他们骗成那样就得装傻，而我装得大概还不够。在他们面前，我必须打起精神走路，必须面带笑容。唉，我实在太累了……

然而，犀星显然辜负了茉莉的想象。说一千道一万，痛苦的状况持续着，如尖刺般戳着茉莉的心。我怎么了？我怎么了？心情沉重的犀星疲惫地把脸颊贴在枕头上，露出可怜的、孩子般的侧脸。

有一天，犀星在大森的书房，端起肩膀，昂首挺胸，双膝并拢坐在火盆前，双手拢在火盆边，翻动着手掌烤火。犀星心情大好地冲茉莉微笑道：

“茉莉，今年会有好事发生哟。”

犀星黑瘦的脸上露出了最开心的表情。茉莉看向犀星，微笑了一下。

吃饭的时候，犀星一会儿谈论菜肴，一会儿又嘟哝几句牢骚话，完全变成了一个任性的人，任性地相信自己这只是有点顽固的肺炎加重了而已。

有一天，茉莉想：

应该把癌症的真相告诉室生犀星。犀星如果自然而然地察觉了那个真相，或者从别人不经意的话语和文章中得知了那个真相，说不定会气个半死。可我不想看见他那样。不过，我不知道那样做有多狠心。如果我们告诉犀星说他得了癌症，他会写什么样的文章呢？没有人会知道，而那不是常人所能预料的文章。不过，我们必须看到犀星留在人世间的最后的火花。当他得知自己的病情时，他大概会感到惊愕、恐惧和悲伤，会荡除心头的那些渣滓，写下热烈如火、冷峻似冰的文章，写下超凡脱俗的绝笔。动笔的时候，他会脱掉衣服，露出驼峰似的胸肌，睁大秃鹫般的眼睛，心底回响着无限温柔的、母亲的摇篮曲。死神不断逼近，终于扑了过来；他双手按住死神，拿起钢笔，将一滴滴蓝黑色墨水滴落在稿纸上，最后写就一篇美妙的文章。让他写出文章的是爱，是我们对关爱我们的犀星的爱。犀星和我们之间必须演绎残酷的爱，因为那是命运的安排。

但茉莉又想：

就算我是朝子，就算我是富子夫人，我也没有勇气告诉犀星。我会劝犀星拼命注射药物，会拼命把戏演到底，那是我的能力极限。

茉莉感觉无可奈何。为了她敬爱的犀星，她想让犀星写下向世人展示他一生归宿的绝笔，想让犀星绽放出生命的光辉，可她有心无力；尽管她想让世人看到犀星与死神殊死搏斗，燃烧着耗尽生命的过程，但一切都结束了。

犀星死了。不过至少，在他最后粗重的呼吸中，人们听到了秃鹫剧烈的振翅声。

深泽七郎[1]、Clay与阿夜

有一天（那确实是“有一天”，绝非某年某月某日具体的“一天”。“有一天”只是客观存在的“一天”，是客观存在的、笼统的“一天”。深泽七郎有些方面像室生犀星，是一个怪异、神秘的人。所以拜访深泽七郎的那一天是“有一天”，是人们在宇宙中突然发现的、随意的“一天”。），我和编辑K、摄影师O三人坐车远行，途中停下车，走进一家荞麦面店，点了手擀乌冬。发现油渣面和油豆皮面都很好吃，每人就各来了一碗。那家荞麦店好像是从褪色的街角突然冒出来似的，味道够得上名店的水准；而我就像是着了那好味道的魔一样。

两碗面下肚，三个人都饱了；于是悄然前行，只见一望无际的旱田里有一所明蓝色屋顶的房子。我们走近一看，深泽七郎正站在旱田里，外面穿着法国工人穿的蓝色棉上衣和蓝色牛仔裤，里面穿着颜色像罂粟花一样的红色印花棉衬衫。在世俗的眼光看来，已经五十出头的深泽不适合穿红色印花衬衫。不过，那件衬衫十分顺眼有趣。我以前就感觉深泽七郎的“作文”（他把自己的小说说成“作文”）里有深红色，而那件红色的衬衫看上去也特别适合我。

1　深泽七郎（1914—1987）：日本作家，代表作《楢山节考》被改编成电影，引起巨大反响。——编注

深泽七郎穿着俄国青年穿的红色衬衫和阿兰·德龙穿的蓝色牛仔裤，衬衫里面是农民穿的黑色竖条纹棉短褂，耕种三反[1]旱田，栽培大豆、花生、白菜、萝卜等，过着自给自足的生活。他每天早上按照约定去农户家取刚挤的新鲜牛奶，又用别人送的北海道小豆煮好吃的东西。一些青年常到他家游玩、住宿，其中有一人以前是帝国饭店的厨师，他便让那人做加一点柠檬的煎比目鱼和加芥末的罗曼生菜沙拉。在他家东边，房间都镶了玻璃。雷声四起的时候，他躲在橱柜下看打雷；平时他有心情了就写写小说，获得森茉莉没法比的收入。就这样，他过着神仙般的日子。

另外，与拳师犬Clay一起跑跑跳跳也是深泽七郎人生的一大乐趣。就在我们悄悄前往他家的那一天，一个经常出入他家的青年带着一只雌性拳师犬过来了。

“今天是个好日子啊。瞧，狗女士来了！”

深泽七郎发出惊喜的叫声（那一天，老太婆森茉莉也来了），跑了出去。不一会儿，一只品种与Clay相同、颜色跟Clay一模一样、个头小一圈的雌性拳师犬来到了院前（田地边上）。雌性拳师犬与Clay一样，全身呈黄褐色，只是后背脊梁上有好看的栗色斑块，那深色的斑块比Clay的更深；脸部肌肉紧凑有力，从嘴巴到鼻子都是更鲜明的黑色，整体看上去很不错。深泽七郎十分高兴，挠着雌性拳师犬脖子正后面那一弯雪白的月牙。Clay见女友来了，高兴得手舞足蹈。新来的阿夜（半开玩笑地，我给它起了个名字叫“月牙阿夜”）却还是个孩

1　日本土地面积单位，一反约一千平方米，三反大约相当于四亩半。

子，只是“汪”了一声，然后用爪子挠Clay。

我以前读过深泽七郎写的小说创作谈，通过那篇说理性的短文、他的小说以及杂志等渠道了解他的人格，从中发现了他的闪光点；我也知道，他有一种像模糊的玻璃一样茫然不可捉摸的魅力。我把他的闪光点和他的魅力放在一起比较，却找不到它们之间的联系，感觉不可思议。今天我虽然亲眼见到了他，但他在我心中是两个人：一个是写就那篇文章的他，另一个是不动声色的他；二者形如陌路、互不理睬。

深泽七郎是一个令人惊叹的人物，他的小说仿佛隔着一层朦胧的厚磨砂玻璃，传达那背后的道理。他怪异、神秘的印象似乎由此而来。而拜访他的那个日子就像即将消失的月亮一样，是模模糊糊的“一天”。

上等的平民艺术家池田满寿夫[1]

平民就是平民，难道还像《哥儿》那个时代的松山火车一样分上、中、下等？有人一脸诧异。我要说的话与他们无关。

“上等”一词是我娘家人的口头禅，我们用“上等”形容一个人、一只茶杯或是衣服，意思就是那人出类拔萃、茶杯是真正的真品，包含有品位、优美，或色彩美、品质上乘、大方大气等意思。总之就是绝不肤浅庸俗，一点也不小里小气的意思。

池田满寿夫的版画，大约获过七个——我的脑子记不全那些名称了——国际奖项。池田满寿夫是极少数懂我的小说的人之一，而我谈不上懂他的画，这让我很不好意思。不过在我感觉，他的画是这样的：用想落天外的锐利线条勾勒出凌乱无序的女人、猫儿、莫名其妙的动物群、挂着价签的洋装、苹果、巧克力、盘子、桌子、英文字母拼写的外国作家名字等形象；仿佛一种纹样，意趣盎然。他的画中有一类专门描绘桌子、盘子等家中物品。一般绘画、小说、诗歌如果描绘那种东西就会变得“寒酸”，他的画却没有那股味道。

我时隔两年之后拜访池田的工作室。他和富冈多惠子（她

1　池田满寿夫（1934—1997）：日本版画家、小说家。

也是一位上等的出类拔萃的诗人）关系融洽地（或许也会吵架）一起居住在那里。我心想他获了各种奖，家里某个地方应该会有钱吧（或由银行代管）。然而，家和他们俩都跟以前一模一样。长着大叶子、像妖怪一样的树木嗖嗖地长到了窗户玻璃上方，被风雨吹打得发黑的藤椅在原处歪放着。从那个有踏脚石的狭窄地方，进入铺着脏兮兮的南洋草席似的厚垫子的玄关一看：还是被以前住在这里的画家油画颜料沾染的地板、桌子、椅子，曾经随他去过美国的版画工具，他的画、海报、画具、卷纸、餐具、炉子等杂乱地堆放着，也是一如往日。

这间屋子是池田满寿夫施展魔法的屋子。他从脑海中汲取熟悉的事物或梦幻的景象，比如家里的东西、食物、富冈多惠子的腿（他凭印象刻版画，所以富冈多惠子有福气，不必变成模特袒肩露腿哆嗦着站好几个小时）、妖怪、怪兽、水洼，之后他用绝妙的线条把那种种物象刻画出来。

这间屋子还举行过多次欢乐的聚会。那时晚上屋里聚集了太多的人，人们有的盘腿坐在地上，有的坐在椅子上，有的坐在桌子上；非常好吃的海蜇、富冈多惠子做的荤菜到处摆放，啤酒如林木般排列。电吉他的唱片响了起来，有人洒了啤酒，啤酒流到盘腿席地而坐的人的膝盖下。于是那人站起来，生气地说那像是撒尿。人群中也有富冈多惠子的挚友白石嘉寿子——她也是一位上等诗人——和一些黑人青年，他们在巴掌大的空地上跳起舞来，让人觉得纽约的嬉皮士聚会也就是这般光景吧。那时，我出神地坐着，因为我十分愉快。池田满寿夫则像森鸥外译作中的青年（妻子分娩当晚跑去救落水者的那个青年）一样，在人群中走走跳跳，不时来到我身边，问我是不是累了，听起来像是在问“邻家老奶奶累了吗”。当我担心钥匙有没有装在包里，起身去看时，他又来到我的身边，在一旁看着我。那样子又像一个热情的少年，吸着鼻涕问“邻家的小茉莉要拿什么呀”。他关心年老的我，同时又把我当小姑娘一样喜欢。这位青年这样出色，而且又是一位杰出画家，这让我很感动。我单纯地为他那仿佛从天而降的奖项高兴，然后又单纯地想：我也想得奖。

画家池田满寿夫是与生活密切相接的上等平民（不是日本的那种性格阴郁的平民），他是我的偶像。

奥尔拉与武满彻[1]

武满彻这个音乐家，名字微妙地带有长曾弥虎彻[2]、飞弹工匠[3]的味道。关于他创作的音乐究竟要表现什么，这个问题一直让我大伤脑筋。有一天，我听一首武满彻的乐曲时想，那是妖怪出现的前奏。我接着往下听，妖怪和别的什么却都没有出现；直到音乐结束都只有一种妖怪即将出现的气氛在蠢动。

武满彻的音乐像绘画，既是抽象的，又有具象之处。我想，音乐本来是人创造的；即使抽象，从中也会慢慢生出具象的东西来。不过世上也有一点也不具象的绘画，所以我也说不好。（我本以为，世上不存在没有形状的东西。即使是我这个蹩脚小说家正在写的一个性格如同武满彻的音乐一般难以捉摸的女孩，她的性格像磨砂玻璃一样暧昧，但我也不是完全不能理解她。）

武满彻的妖怪音乐，还与莫泊桑的小说《奥尔拉》神似。在《奥尔拉》中，得了脑梅毒的“我”深信奥尔拉出现后会取代人类称霸世界。奥尔拉让“我”惶恐不安——他出现在“我”的房间，会让桌上的草莓、水减少一半，然后消失不见。

1　武满彻（1930—1996）：日本著名作曲家。

2　日本江户时期的刀匠。

3　日本古代飞弹国（今岐阜县）向朝廷选送的优秀木匠。

有一天，当奥尔拉进来后，“我”在一瞬间关上门，给房子点上火。房子像木柴一样燃烧起来。可“我”却又绝望了，因为“我”相信如烟般的奥尔拉还是从门缝逃走了。基于这个原因，我把那首武满彻的音乐命名为“奥尔拉音乐”——意味着他无视以前的音乐，开创了音乐的新天地。

有一次在武满家，武满彻睁着奥尔拉似的眼睛，坐在我们面前。他的身后是木板墙，墙上装饰着浅紫绿色的高山蓟和缀有深棕色图案的茶色凤蝶。对于我们的提问，武满彻彬彬有礼地回答。我们虽然绞尽脑汁，却越问越糊涂。我们显然是真的不懂。出乎我们的意料，武满彻是一个可爱的人，说话时经常开玩笑，就像用咒语迷惑我们的小精灵，又像编瞎话糊弄大人的孩子。我看着像巨型霉菌一样的高山蓟，看着颜色像天蛾一样的凤蝶，又看着武满彻，认真地听他说话。那时我没有忘记吃他夫人端上来的中式杏仁布丁和水果点心，也没有忘记喝茶。

或许是自己想吃，或许是想犒劳认真倾听自己说话的我们，武满彻又让妻子端来了葡萄柚蜜饯。我见蜜饯不错，便又吃了起来。当我诚惶诚恐地提起自己那天听音乐时那种妖怪出现的感觉后，武满彻说：“不要紧，我的音乐表现的是那种神秘的感觉。”武满彻的话让我放心了。我以前一直相信，他的音乐并非毫无情调，并非只是发出声音而已，并非与我的文学头脑格格不入。按照他刚才说的话，我的理解好像也不算错。武满彻又说：“我的音乐虽然没有文学性，但也不是只有声音。”当我看他的眼睛、看凤蝶和高山蓟时，我确定他说的是真话。

有趣的是，起初我担心武满彻会误以为我懂他的音乐，便托杂志社的K转告武满彻（真是多余的担心）。结果坐车去武满家的途中，K对我说他是这样向武满彻解释的："森女士不懂音乐。"当时我这个老小孩一听就火了，说："哎，我懂音乐，只是不懂武满先生的音乐啊。"进门后，K一见到武满彻就纠正了他之前的说法。但现在回想起来，其实别的音乐我也不懂，我实在后悔让K纠正他的说法。

你的纯真，你的恶魔
——致三岛由纪夫

我读了涩泽龙彦为《萨德侯爵夫人》写的后记，里面描写的萨德侯爵既纯真，像个心无尘垢的孩子，又可怕，性格里仿佛有个怪物。他坏事干尽——类似小孩用刀切、用火烧虫子那样的事情。作为结果，他进了牢房，并最终升华到了Sainteté，也就是圣洁的境界。而我的知识水平停留在女校毕业的程度，所以一直以为萨德侯爵是虐待狂的鼻祖，说白了就是个疯子一样的人。

然而最近，我通过报纸等渠道了解到他是一个伟大的思想家。读了关于他的思想的介绍，感觉他的观点类似永井荷风的“太太是淫妇，妓女当中反而有纯情女子”；而且较之更进一步，仿佛欧洲建筑般厚重。那时我马上对他生出了敬意，这次通过涩泽龙彦的解说，我觉得自己更深刻地理解了他，敬意更强了。正如缪塞在《莫把爱情当儿戏》中所言：“女人越是涂脂抹粉，越是虔诚地尊敬别人。”

毫无知识的我，不可能理解萨德侯爵这种从一世纪到二十世纪才出一个的人物，即使想理解也是白费工夫。不过，萨德侯爵的纯真，以及那纯真是如何与“魔鬼”相通，而后又升华为圣洁，这种性格的微妙和演变我却大致明白。而且我认为，那种性格才是人本来的、自然的性格。反观日本大部分绅士，他们内心的孩子早就不见了，彻底变得老成。他们隐藏、掩饰心中的恶魔，他们是正人君子。也就是说，他们仿佛打一开始就是圣洁的。因为他们的祖祖辈辈都被日本自古以来的传统教育所操纵，所以这也是没办法的事。不过我一看到那种人，就禁不住要先用怀疑的眼神审视一番。

今天，我本想写三岛由纪夫那犹如枝形吊灯上的长长的六角水晶一般的文字在《萨德侯爵夫人》中也熠熠生辉，写他在《萨德侯爵夫人》中对萨德侯爵去马赛时的衣着的描写与他平时衣着的关系。但因为我读到涩泽龙彦的那些话，突然有种恍然大悟的感觉，便先放下三岛由纪夫的文字和衣着的关系，从涩泽龙彦那里开始写起。虽然是在赞扬三岛由纪夫，但我赞扬三岛由纪夫的心情中没有夹杂私念；所以即使世人认为我在巧言令色，我也不会在意。

刚才说的恍然大悟，是说我平时从三岛由纪夫身上隐隐约约感觉到的东西，仿佛突然被打上了一束光。我明白了三岛由纪夫其实和萨德侯爵一样，是个兼具纯真性和恶魔性的人。如果把纯真（innocent）解释为“纯洁”，说三岛由纪夫和“小鸽子”（即处女）玛甘泪一样纯洁似乎有点别扭。但如果可以说萨德侯爵纯洁，那么三岛由纪夫就算得上纤尘不染了吧。

可以说三岛由纪夫拥有人本来的、自然的性格，这是毫无疑问的，我想。我的想法是不是很奇怪呢？就算我的想法有些奇怪，如果世上净是明白事理又对人、人生、人的生活方式观察透彻的小说家，不也挺没意思的吗。（大概没有哪个小说家了解猫、狗、狮子、老虎、豹子、昆虫、鸟儿等的生活方式。

不过用不着人操心，那些动物活得很好。性生活也是，它们也像法国人雷内·克雷芒、让·克劳德·布里亚利、阿兰·德龙，意大利人鲁西诺·维斯康蒂，苏联人纽瑞耶夫，爱尔兰人彼得·奥图一样，过得堂堂正正相当不错。别人如果多管闲事，它们就该要嗤之以鼻了吧。）世上正因为有我这样抱持奇怪想法并深信不疑的人，无聊才得以排遣，才变得有趣。再说我只能是我自己，只能思考自己的脑瓜能够思考的事情。因此我写的也只有我个人的思考，真没办法。

我在心里默念：我的三岛由纪夫是纯真的。他的纯真与可怕和“魔鬼”相通。至于他老后会不会像萨德侯爵一样升华到圣洁的境界，我因为会死在他前面而看不到那一天，所以不能确定。不过也许他会的。

人世间有既不纯真也无恶魔属性的反天性的道德家、圣女（其中妖孽甚众），他们穿着伪善的绚丽华服，闪耀着夺目的光彩（但如果用能辨真伪的眼睛去看，就会发现他们其实披的是腐烂的蛇皮，面孔和身姿都很可怕），他们当中真正的好人并不多。那种人就像希区柯克《群鸟》中的鸟一样漫天乱飞，所以萨德侯爵那样自然、天真、不掩饰心中的恶魔的人就会成为异端吧。相传马塞尔·普鲁斯特也是个怪人。他跑进牛肉店，求人家带他去看杀牛的地方（十九世纪的法国，人们是在肉店后院杀牛的吗）。还有，他让男仆抓着小老鼠，自己用帽子别针扎它们取乐。在我的理解范围内，萨德侯爵的思想是明快的，但他的所为谈不上光明磊落。三岛由纪夫虽然也有他的暗面，却又有澄澈蔚蓝的明朗一面。他那对我而言不无阴暗的理智中有着一份明朗。我认为他那像森鸥外、像我自己一样清醒的头脑很不错，而且他也具有足够的常识。三岛由纪夫的生活态度乍一看就像世上普通的道德绅士，但我认为他的本性就像充满好奇心和探索欲的孩子。

三岛由纪夫出演戏剧、电影，忍不住想在舞台上歌唱，如果有机会还想当奥运火炬手，他是一个所思所想发自本真的人。此外，他没有掩饰想要获诺贝尔奖的心情。有的文人不甚关心，认为那是很遥远的事情；但也有人内心像孩子一样想要，表面却不动声色（当然，真正老成、真正不为所动的人也有）。三岛由纪夫在媒体上吸引别人注意，也是光明正大，毫不掩饰。

我发现三岛由纪夫内心的纯真的同时，想起了室生犀星这条青白色的“鲨鱼”。室生犀星把全身沾染上犀川[1]暗淡的青色河水的气息，还把文学的黏糊糊滑溜溜（你知道吗？室生犀星在他的小说《蜜之怜》中用“吧嗒吧嗒”来表现黏糊糊滑溜溜，就像金鱼的鳍扇动那样，吧嗒、吧嗒）掺到那水里。他游到东京，大闹一番后又游回了犀川。他某些地方让人相信他是个坏家伙。在这方面，三岛与犀星是共通的。

三岛由纪夫是一个狡猾的人，室生犀星嫉妒心重——这种想法生出的流言的水藻，细柔却坚韧，就像萩原朔太郎诗中的纤毛，隐隐约约地飘浮在人间。水藻四处漂荡，缠住行人的头发、手脚，最后像癌细胞一样侵入人的脑细胞。不管怎样，是癌就会巧妙地钻进去，进去后就在那里定居、繁殖。承蒙厚爱，这两位天才都对这个莫名其妙的我怀有好感。因受人好意

1　流经石川县金泽市的河流。

而感动，人的眼睛往往就会变亮，于是我看出他们两位都是好人。退一步说，至少他俩不是伪善者。因为他们是好人，所以嫉妒之情的流露和处世之道都毫不遮掩。

三岛由纪夫真的是一个很自然的人，是一个每天都想要新玩具的孩子。孩子总是对什么都充满兴趣，刚刚看到他不知在埋头做什么，就又见他一跃而起，猛冲出去。三岛由纪夫看上去就是那样。

不过，如果我因为写了莫名其妙的东西就叫嚷三岛由纪夫是好人，无论我怎么叫嚷也没有人认同，所以我接下来要写我一开始想写的东西。

再说萨德侯爵。三岛由纪夫描写的萨德侯爵的装束是这样的：蓝色衬里的灰色燕尾服，橙色丝绸背心，同样是橙色的短裤，一头金发上戴着羽毛帽子，腰悬长剑，手里拄着金色圆头手杖。当我读到那里，我感到一种美。那和我看到某幅用淡彩描绘着但丁和贝特丽丝在威尼斯或维罗纳的桥畔邂逅的一幕，散发着古老情韵的插画时所感受到的美是一样的。而在三岛的文章里，我也发现了像王尔德、邓南遮、森鸥外的译文一样熠熠生辉的地方。读它的时候，我总是像一个对爱贪得无厌的幼儿，像肉食兽一样，贪婪地吞咽父亲那充满爱的目光、笑容、抚摸我后背的手掌。抑或像莫泊桑《如死一般强》中的那个男子，看到森林觉得很美就感觉自己仿佛吞下了森林。三岛的文章里总能读到那种如诗的描写，让我仿佛那个看到森林的男子。然后我就又会产生那个疑问：

三岛由纪夫懂得这种美，会写这样的文章，为什么他要一会儿穿鲜艳的夏威夷衬衫，一会儿又穿热带礼服呢？

三岛的眼睛就像东洲斋写乐[1]笔下的演员的眼睛，被赋予了现代感。就像前文多次写到的那样，拥有那么纯真、魔鬼、可怕，而又生动的一双眼睛，为什么不让它们大放异彩呢？想要健康长寿、多写小说、写剧本、演戏，想过这样多姿多彩的生活，那么健身也是必然的了。可三岛由纪夫的面孔，特别是眼睛，若能这么穿搭应该会更有味道：黑西服加黑风衣，围黑底白或灰条纹的丝质围巾（纯白的也行）；或外披条纹长褂，内穿敞着领口的黑领和服（从这样的领口露出的不该是健身者的那种胸膛），系博多腰带。外出时，披优雅的黑色羊毛长斗篷，围黑灰相间的粗条纹围巾。

前阵子，我在《平凡潘趣》[2]或某本书上看到三岛由纪夫穿着一身据说是热带地区礼服的服装，白上衣配黑裤子。书上详细地介绍了他的着装与侍者服装的区别。可我完全想不通他为什么要把热带地区的礼服穿在身上。那身衣服哪里有味道了？

三岛由纪夫的房子也是奇奇怪怪的，乍看像法国的宫殿，继而发现庭院是古希腊雅典贵族的庭院，玄关挂着西班牙的镜子。因为有了今天我在他的性格方面的这一大发现，我想想也明白了：穿奇装异服也好，建融合各国元素的房子也好，让意大利雕刻家做古希腊阿波罗雕像的仿品，并花钱把它运过来也好，一切都是那份萨德侯爵式的纯真使然吧。

明白了那个道理，我又想起了三岛由纪夫的一些事：和女演员并排坐在雕有女人头像的希腊长椅上照相；大谈似懂非懂

1　江户中期的浮世绘画家，擅长演员肖像画。

2　日本面向男性读者的大众综合周刊，已停刊。——编注

的恋爱婚姻问题；穿着深红色运动上衣，像歼灭俄国波罗的海舰队的东乡平八郎，或像印地车世界锦标赛教练一样，脖子上挂着望远镜出现在奥运会上；他出门去拍摄《风火小子》，一边举起一只胳膊把它伸到外套袖子里，一边像跳舞一样从法国宫殿式的石阶上跑下来，并把那样子拍成照片登在周刊杂志上；还有他因为表演过于投入，在楼梯上受了伤……所有那一切，都是他那天生的纯真性格中生发出的好奇心和探究欲所使然吧。

明白了是怎么回事，我决定死心——纽瑞耶夫、让·克劳德·布里亚利等人除了长相让我喜欢，还会穿一身让我喜欢的、看过一次就不会忘记的、为他们长着一双迷人眼睛的面孔加分的衣装——三岛由纪夫不会那么穿，这也无可奈何。

我写了不少三岛由纪夫的坏话，最后添点好话：几天前我看了您的一张照片，照片上您扮成《一千零一夜》中奴隶（？）的样子非常棒。

反人道主义颂

奇怪的国家

我曾说麦克阿瑟元帅的精神年龄只有十二岁，可现在却不得不改口将其进一步降为十岁，这种状况令我头痛。世界不知何时分成了这样那样的国家，各国间不断竞赛、争斗，我觉得这很愚蠢。但自己已经莫名地成了“日本人”这么一种人（没拜托过别人这种事）。世界成为万国之林，置身于眼下这种环境，不得不承认唯独本国人在诸多方面都比别国人差一大截，终究不是一件愉快的事。

我们的国家目前最头痛的是，首相和其他许多政治家总给人心不在焉的感觉，似乎只求保住各自的地位及其附属权力和收入。除此之外，我们国家比其他国家差得远的方面可谓不胜枚举。当然欧美人有肤色白这一毫无来由的优越感，因此日本人有种异常的自卑感。出于这种自卑，日本街头到处都是西洋文字，日本人对同胞说话不用日语。这种世间少有的稀奇事儿就算被欧美人耻笑，日本也是无言以对。而且，这又成了许多问题滋生的温床。

由于几乎没有黑色素，欧美人长着令人难受的、像被漂白了一样的皮肤，眼睛是淡蓝色，头发是红褐色，胳膊、腿上的汗毛是金色。他们只因为自己身上的颜色多彩得仿佛在彩虹里打了个滚，就深信自己是优秀人种。（身体是那种色彩的人，除非特别漂亮，一般都像妖怪；那粗糙的、像被漂白了一样的皮肤毫无美感。一想到那种皮肤，我钟情的“荧幕型男”就会顿失魅力。）单就这一点而言，虽然有点过分，但不得不说欧美人的精神年龄只有十岁。可相比之下，日本人幼稚、愚蠢的方面更是数不胜数。只要看看女人们的着装，日本人的愚蠢就暴露无遗了。

无论是谁，进电影院看一次新闻影片就会明白，欧美国家看不到那种满大街女人都穿着外国最新流行服装这样的愚蠢景象。伦敦、柏林的女人虽会引进巴黎时装，但那只是极少数富婆或女明星的事。唯独日本很奇怪，“哇，那个人穿的是高级定制”，“那个是圣罗兰哟”，一边说一边两眼放光。满街都是这种女人。广播也好杂志也罢，谈论起时装全用英语或法语，这也是任何国家都没有的事。与日本相比并不显得愚蠢的并不仅限于发达国家，就连用布包住整个头和身体（那样也很美！）的阿拉伯人，也没有改变他们固有的传统。

吉田茂与国葬

前一天向吉田茂的遗体道过别的佐藤首相，次日再次出现在告别仪式上，拿起灵柩里的手杖，把自己的手杖放进去。我读了报纸上的消息后大吃一惊，以为佐藤首相拿自己的旧手杖换了吉田茂的鸠杖。我就是会如此胡思乱想的老小孩。尽管我很快意识到总理大臣应该不会在公开场合做出怪异举动，意识到那不是鸠杖而是吉田茂平时散步用的手杖，还是吓了一跳。写这种感想可能会让读者诸君讶然，那我就谈谈别的感想吧。

对于吉田茂国葬，世间有不少反对的声音。我只是担心，吉田茂会说"国葬就免了吧，让人挑毛病的国葬我可不要"，然后拿起佐藤首相的手杖和盛着水的杯子从灵柩里跑出来。海军将领之类的人还好，政治家什么的是无论如何也没道理享受举国哀悼的待遇的。如果只是认可吉田茂的人在心里默哀，"老臣吉田茂"应该会高兴的吧。

吉田茂在日本战败（遮遮掩掩说什么"终战"也没用）时，负责与麦克阿瑟交涉。他认为对日本不利便直言反对。这虽理所当然，却也令人钦佩。当讲则讲，在某种程度上推心置腹地沟通才会得到美国方面的好感——这么简单的道理许多政治家却不明白。我虽然讨厌日本的政治，但认为吉田茂有骨气。他会见外国的首相、高官、媒体时软硬不吃。他还是个有趣的人，与外国要员交友、谈笑风生。带着难题访问外国时，他脸上是悲痛的表情。这些地方都让我敬佩他。进步文化人士批评他的外交（年轻人不懂事就罢了，一把年纪的人也吵吵），但他们忘了日本是可怜的战败国。如果让那些批评他的人担任他的工作，他们又能拿出什么好办法呢？美国人个人都不坏，但和美国这个国家在政治上打交道却不容易。

我向着吉田茂有一个奇怪的理由。那是我嫁过去的时候，公公山田阳朔亲切地叫我这个十七岁的娃娃新娘“茉莉、茉莉”，给我斟酒，把面前的蒸鸡给我吃。公公的体格、气质跟吉田茂一模一样。公公每逢天皇陛下大驾光临都走到门前行礼，这也和吉田茂一样；他们的早餐也碰巧一样，而像吉田茂有艺伎小林那样，公公有艺伎芳儿。看公公在伊理斯商会任职期间与外国商人拍的合照，我就发现他具备和吉田茂一样的气质。如果一个人被外国人瞧不起，那他无论作为政治家还是普通人都不够格。

无动于衷的日本人

看看美国人和欧洲人的做事态度吧。建大楼的人带着责任心建造，不会有建筑外墙装饰掉下来砸中行人造成重伤；也不会有施工坑洞上方的搭板折断，致人掉进坑里摔断脖子。放东西的人也考虑得周全，不会让屋顶上的钢材哗啦啦滚下来；不会已经发生了孩子死在空地废弃冰箱里的惨祸，却仍不处理，不给废弃冰箱上锁，仍旧那么弃置原地。

在日本，小学二楼的地板摇摇欲坠，人们却安之若素。“大概没事吧”，“二楼不高，塌了也不要紧”，或许他们是这么想的，我真无法理解他们的思维。地板在最终垮塌之前应该已经破损严重，处于危险境地，他们完全可以提前采取措施。那种之前很坚固的地板，是不会突然垮塌的。

出事后聚过来大吵大闹，出事前天下太平，这大概因为人们对人的生命逝去并不觉得悲伤，不痛不痒。人们会为自己亲友的死而悲痛，但那些聚集在事故现场看热闹的人们的表情中，好奇的气氛更重。亲人在事故中惨死，他们会赶过来，掀开躺在棺材里的死人脸上的面纱。即使死人的面相惨不忍睹，他们也会毫不畏惧地凝视那张脸，抱着棺材大哭。

事故遇难者的家属全都按照记者期望的样子演出。带着几许表演味道的场面每每都会上演：海难死者的遗属从船上投下花束，一脸悲伤地凝视水面。

在死者（女性）脸上化妆这种行为，也好不到哪里去；乍一看像是哀思深沉的表现，其实背后是你无论如何也想象不到的麻木神经在驱动。

如果我去亲人车祸丧生的事故现场，走到可以看见车子惨状的地方，我大概就会膝盖发软跌坐在地，想放声大哭也发不出声音吧。而日本人对这一切无动于衷，他们的心理让我无法理解。外国人不会放着摇摇欲坠的天花板不管。看他们聚在事故现场的照片，能清楚地看到他们的悲恸和哀伤。因为他们对人的死有强烈的悲痛感。我不愿对国人深究，但显然大多数日本人感情极其迟钝，甚至就是野蛮。

居住在这种特征尤其显著的人群之中，目前的公寓生活让我感到恐惧。

即便是庸医竹庵[1]

我的邻居中有一位主妇，她简直就像呼吸着江户时代的空气。她有两个上小学的儿子。我最近才得知她的大儿子患有癫痫。我是个对左邻右舍动态很迷糊的人。从没注意过那些肚子变大的太太，觉得她们突然就生了宝宝。总在那一带晃荡的小学生不知不觉变成了大学生，扛着吉他，唱着“黑色的花瓣，悄悄地凋落”，从我面前经过。我其实已经不能算“迷糊”，应该说是“有点痴呆”才对。看见那孩子昏迷不醒地躺在担架上，让人抬着走过公寓走廊，我先是吃了一惊，后来才知道，那孩子以前也有过两三次同样的发作。

问题是那孩子的母亲，那天她从医院回来后心情极好，说：“医生说啊，别把这么快就能治好的病人带过来。”那孩子两次都碰巧倒在电视机前，又有把脸凑过去看电视的习惯，她便认为孩子的病是看电视引起的。之后也没有带孩子去找可靠的医生看病。年幼的孩子外出一定要由大人陪同，这一理所当然应该注意的事她也没有注意。得癫痫的孩子照旧在围墙上走。唯一与以前不同的是，她那响彻左邻右舍的念佛声变得分外响亮，愈发持久了。

---

1 指薮井竹庵，日语依据谐音虚拟的人物名，用以戏称庸医。——编注

我在窗边可以看见孩子在围墙上走的“特写镜头”，每次看都不由得捏一把汗。有一次我去跟房东太太说，让她提醒那位母亲，别的孩子也就罢了，唯独那孩子在围墙上走不安全，不要让他爬围墙。我心想不能让房东太太以为我是借那个病孩子抱怨别的孩子结伴从玻璃窗前经过，便仔细解释说我没有那个意思，别的孩子爬围墙完全可以。然而，我担心的事情还是发生了，别的孩子从那以后也不再爬围墙了。当然，我讨厌那些孩子成群结队地从我窗前走过，讨厌他们看见我屋里冒着蒸汽（其实屋里没冒蒸汽的时候，我的窗户也蒙着一层灰尘，对孩子们来说是很好的黑板替代品）就用手指在窗户上画画。不过，我不想去跟房东太太婆婆妈妈那种事。

总之，那位母亲对疾病的认识同江户时期相比毫无进步。平安朝把疾病说成“妖邪缠身”并祈祷祛病的风俗，在她身上也不无表现。附近的医生不把癫痫的可怕之处告诉那位母亲，这也像江户时期的“竹庵大夫”。不过，就算是江户时期的医生，大概也会提醒一句“这是脑子里的病，不注意的话会有危险”之类的吧。

中国面条与茶泡饭

我还没有吃过方便面。我不知道方便面是怎么做的，也不想知道。那在透明的袋子里盘成一团，形同半湿不干的铁丝的、变异了的中国面条——

我绝不会说什么“中华民国”（出于对中国的尊敬），因此也不会管中国面条叫“中华面条”。那些用一副“你是谁”的表情看我，让我感到她们入骨的憎恶的妇女和姑娘们（还是别去介意她们的眼神，欣赏一下我崇敬的演员彼得·奥图吧。无论是装扮成国王，还是穿拿破仑时代的军装，他总显得有些怪。当然欧洲的电影导演有眼力，安排他演本就有些怪的国王或军人。即使让他演正经的国王和军人，他的样子大概也会怪怪的吧。如果他看上去正派可靠，那就是他的天才演技的功劳。彼得·奥图的脸形和身材都偏长，看到他邋里邋遢地穿着毛衣、吊儿郎当地走下飞机的镜头，感觉他是一个超乎寻常的“奇怪的老外”。世界各地的人通过劳伦斯、亨利二世等角色认识他，这似乎不错。但他如果那副样子出现在我因日本间谍问题而得知其存在的某事务局附近，怀疑的目光一下子就会落在他身上吧。他可以扮演发疯的“莫泊桑”，坚信那个不久就会取代人类称霸世界的生物——“莫泊桑”畏惧地称之为“奥尔拉”——把他睡觉时放在床边的草莓和杯子里的水吃掉喝掉了一半，恐惧地颤抖着嘴唇叫喊："奥尔拉！是奥尔拉！"将观众带入对脑梅毒患者的恐惧中。这对奥图来说也是易如反掌吧。他既是著名演员，又嗜好男色。他是我笔下那个比全世界的女性都更有一股天真魅力、像小豹子般娇憨的藻罗的原型。即使牵强，但我还是坚信，自己正因为有点像他，才被视作怪人。）一进面馆就大叫一声"中华面"，听到她们声音的那一刻是我最讨厌的、几欲作呕的一瞬间。那张大叫"中华面"的嘴和在我可爱的房间外叫喊"下雨了"，一到四月就说"已经开花啦"，看到流浪猫心想"活该去死"却说"好可怜呀"的，是同一张嘴。

——看到中国面条，我就会想：啊，这浅黄色不是蛋黄的黄，也不是从栀子花之类的花当中提炼出的那种"黄身时雨"[1]的黄，它是金胺的黄。

为了让女职员在七八分钟内解决早餐，方便面、速溶咖啡和面包变成了合理的事物；至于什么事都用电器代劳、什么事都嫌麻烦的太太，午饭吃方便面或夹心面包（现在的夹心面包，里面是不是放了用马肉、病猪肉甚至狗肉做的香肠，是不是放了色素豆沙或色素果酱，是不是放了低价买来的、中式面馆剩的咖喱乌冬面呢？要知道，咖喱面包里夹着茶色蚯蚓似的中国面条）、咖啡牛奶最合适。女职员们靠吃方便面省下时间补充睡眠，然后赶往公司。要说她们的工作能因此出色多少，好像也并无明显不同（驾驭生活的行家另当别论）。太太们用靠吃方便午餐省下来时间办读书会，读些貌似正经的小说并交

1　拌上蛋黄的白豆沙馅点心。

流感想。就算她们谁做的手工艺品拿到百货商店展销了，也没什么了不起。丈夫死了、孩子独立了，女人孑然一身的时候，读书会、手工艺品也不能够支撑她孤独的心灵。女人多此一举的工作对任何人都是无所谓的。除了赖以谋生，与生计紧密相关的职业；那些兴趣爱好之类的玩意，终究无法令人全身心投入；到头来毫无意义，毫无价值。

刚刚讲的女职员、全职太太们的方便面和家用电器，只是生活合理化中的小小事例。而这些压根没有让生活趋于合理，只会让世界变得无趣。我经常看见隔壁那个买了洗衣机的主妇，大白天的呆坐在榻榻米正中央像鱼一样吐气。而正是生活的合理化，造就了这么一段世上最乏味的时光。即使那个平民主妇的“阶级”提高一层，变成了“太太”，她的生活中也只会产生一些毫无裨益的泡沫般的时光。因为太太们的闲暇时光一般都花费在了虎头蛇尾的事上面。她们只是有一份“我在读书”“我在做上等手工艺品”的自我满足感，她自己也并非真的快乐。尽管我没有资格说这话，但全神贯注地啃难啃的著作、认认真真学点什么，应该是无上快乐的事。试想一下自己写小说时一个字也写不出的痛苦，还有终于写出时的喜悦，那种心情我这个懒人也多少明白。

与做无聊的事、发呆相比，索性用省下的时间寻点开心，算是太太们喜欢的“有意义的活动”了。真正玩得开心，与好好读书学习一样，具有同等价值。但说实话，玩好与工作好一样有难度。因为玩好需要与做高端职业一样，甚至更高的才华。就算发展一段婚外情、谈恋爱，也首先要有对话（心与心的对话、眼睛的对话绝对有必要）。而大多数日本太太只掌握了日常对话，谈恋爱对她们来说几乎不可能。她们会像婚外情电影演绎的那样，和情人互相说些莫名其妙的话，露出深刻悲剧式的表情，或又把恋爱视为肮脏的罪恶，一副战战兢兢、畏首畏尾的样子。终于切入似是而非的美妙激情，所谓的情欲戏，场面也只会显得奇怪别扭。即便是与狗儿玩耍、躺着凝视心爱的花儿打发快乐的时光这么简单的事，要是没有快乐的天分也是白搭。证据就是，我没见过公寓里的妇人和狗儿玩耍，也没见过她们凝视花儿。而对懒洋洋的我来说，那种刻骨铭心的爱情连想想都觉得累，更是遥不可及的东西了。

富冈多惠子给《妇人公论》[1]撰文，说主妇是不会对话的一类人，所以她不写主妇和爱情。前不久，我和她在下北泽的一家西餐馆见了面。那餐馆房顶中央悬着欧洲宫殿的那种枝形吊灯，旁边挂着上海的灯笼；室内既有牙科诊所接待室里的橡胶树盆栽，台阶下又摆着传统纸屏风。那边，染上紫色、红色电光的水流喷出来，可怕的鳞片犹如麦克白的银色铠甲的深海鱼“Alowa”在水中游弋；这边，形似水虎的红肚皮鱼成群游动。喷泉周围的人造大理石围栏上放着乡下饭馆壁龛里的那种木质万宝锤。我们聊了那个话题，看法完全一致。诗人多惠子虽然想搞婚外情，却没有能与她对话的男人，只有问她吃不吃饭的男人。她给池田满寿夫写信，感叹说：我才不要吃什么饭呢。在西德的池田满寿夫回信说：那我就放心了。

如此流于形式的生活合理化，不会有任何补益。过去没有方便面，女职员便烤面包、热牛奶、煎鸡蛋。全职太太拿掉罩

1　日本女性杂志，1916年创刊。

在饭桶上面的那块洗过后晒得很干的抹布，揭开竹盖子，把虽是早上剩的，却也是用锅煮的好吃的米饭盛在碗里，吃切成丁并且拌上酱油的腌茄子或腌黄瓜，喝好喝的粗茶。即使用豆沙面包填肚子，那也是面包房带着要让人品尝可口面包的心情烤制而成的，中心夹着盐渍樱花，表面撒满罂粟籽，齿颊留香的美味豆沙面包。再配上一杯冲泡讲究的粗茶。她们花工夫准备的简单饮食，那根底上蕴藏着生活传统和格调那样的东西。

如今的母亲、太太、主妇们麻木地站在带厨房的起居室里，喝有细菌的果汁，吃添加了各种毒物，只为卖相好、口感好、便于快速量产、商人廉价甩卖的小食、点心、夹心面包，被丑得刺眼的电器怪物所包围。即使可怜的老人、妇女、孩子死于越战（那战争即使出发点是好的，做法却是非人的），可怜的猫儿在门外叫，忧虑都不会进入她们那烫着鬈发的脑袋里，一切都是“与我无关”。放射性物质进入什么东西里面也好，草莓、酸橙、青豌豆呈现出含有可怕的放射性灰尘的鲜红色、黄、浅绿色也罢，只要自家有汽车、有彩电，电器齐备，她们就觉得自己是文明人，天下太平无事，月亮只圆不缺。在那种状态中，人的生活已经消失，快乐也随之没有了，真正意义上的美女也没有了。那些所谓美女演员说：“我喜欢用好米饭捏的团子（用词好粗俗，应该用雅语说‘饭团’），咸萝卜和紫菜。”我也隐约感到她们的味觉靠不住。

也有例外，比如樫山文枝，我看照片上她的面孔，读她说的话，觉得她就算生活得争分夺秒，也不会吃那种怪东西。因为我总能从某处看出她的生活是有情调的。人的面容表情不会说谎，怪里怪气的太太、主妇们就算摆多少徒有形表的“文化道具”，也弄不出文化氛围。相反在查尔·阿兹纳弗的歌声、唱歌的神态中，他儿时捡面包屑吃的那段生活（他并不炫耀自己的平民身份，不以平民做幌子），与他在巴黎的生活、巴黎的风雅气质融为一体，从头顶一直渗透到脚尖，宛如芳香洁白的花朵。

关于旧时的太太盖着干抹布的凉饭桶，我想起曾听人说过，与美国主妇的一次性餐巾纸用完就扔不同，欧洲主妇用仿佛能用一辈子的优质棉餐巾，而且会在上面绣花。她们还会因为工作忙不能亲自做菜而不开心。我认为，稍有些麻烦却蕴含着格调的舒适生活，才是真正的合理生活。写得一手好诗的富冈多惠子和白石嘉寿子都是亲手做美味的饭菜，她们没有洗衣机、电饭锅和吸尘器。富冈多惠子一流的诗句、白石嘉寿子那些闪亮的意象，她们二人美丽的诗篇，都建立在她们亲自做美味饭菜、愉快地大快朵颐、心情畅快的生活之上。

在安静的家中弹钢琴的姑娘（不是为了成为精英而拼命学的那种），穿着短裤骑自行车时也会隐约让人感受到钢琴声。像西方人那样双腿并拢斜向一侧，在家中坐姿娴雅的少女，即使穿起迷你裙在街上阔步而行，神态也隐约透出一股优雅。偶然之间，当发现伪文化中原来也散落着不无美好、蕴含格调的生活，我心中总会涌起一阵宽慰。

无法理解的事情

大约从三年前起，我在写作之余还兼职做社区垃圾废品回收员。那是因为街道委员会的人悄悄搬走了公寓门前的垃圾箱，并通过告示板向每家每户传达指示："从今以后，请各户居民把废纸以及厨余垃圾分类放进纸袋或塑料袋，投入配发的塑料桶。每二十户居民为一组，集中放到指定处。"起初我以为，只有自己所在的街道发生了这个棘手的变化。后来我才知道，由于某种原因，町内会晚些时候也把指示传达到了同住世田谷区的我的挚友所在的公寓。

即便只是弄洒了一点水，我也非得用大量卫生纸清理，再把卫生纸和包装纸揉作一团丢进垃圾桶。我讨厌抹布。我有个怪癖：需要用抹布擦什么时，我会用待洗的手帕擦。若没有待洗的手帕，我就用还挺干净的手帕，丢掉它还嫌太早的毛巾、手帕之类擦。之后也用报纸之类包着丢进垃圾桶。（用抹布擦是把一个地方的污渍弄到抹布上，然后再去蹭别的地方。我基本上只能接受幸田露伴[1]指导女儿幸田文用抹布擦东西的那种方式。）而且不知为什么，我家的厨余垃圾也比平常人家多得多。

1　幸田露伴（1867—1947）：日本小说家、散文家。

有一次我去室生犀星家，说了一句话让犀星很吃惊。我说："我一次能吃掉一小把菠菜。"犀星只吃大头鱼、冻鳗鱼，至于蔬菜则只喝煮久的菜汤。我担心他的身体，说那话是为了劝他多吃蔬菜。我相信生吃蔬菜有益健康，以前每天早上都像马一样大嚼切成细丝的卷心菜和切碎的青椒，所以扔的菜梗菜叶也多。就这样，我屋里的废纸、厨余垃圾实在是"产量过剩"。于是一时呈现出废品分拣场一般的景象。厨余垃圾加上装在特大号塑料袋里的垃圾，以及无数废弃的空罐、药瓶等，堆得像山一样。配发给五口之家装垃圾用的塑料桶也不够我一个人用。我不得不踉踉跄跄地把两个大塑料桶搬到门前。这种事一周会发生两次。

况且公寓的住户们奉行"屋门之外尽是荒野"主义，任凭煤球渣被水泡得一塌糊涂；纸袋和塑料袋敞着口一扔了事，从不系橡皮筋。下雨天，纸袋被雨淋过，废纸与纸袋一起烂作一团。那时，我一摇摇晃晃地走过来，清扫工就冲我怒吼道："这样可不行！"

在巴黎或柏林，就算是披散着像从垃圾箱里扒出来的旧扫帚一样的头发，四处做活的寓所女佣，似乎也没人叫她干废品回收的活计。废纸、厨余垃圾全部用某种设备运走，破布烂片每天早上由收破烂的老婆婆前来收购。

就算我脑筋特别，也无法理解连税款等于零的旧时代，首都的公共服务也比现在要周到的多得多。

阿登纳之死

阿登纳的死让我感到震撼。更确切地说，我是为外国前总理的死给自己的震撼甚于本国首相而感到震撼。我对政治一窍不通，不知道一国总理的职责，更不晓得具体细节，而我认为自己明白什么是一国总理根本的觉悟，明白他应该以怎样的心情去面对他的职责。

不只是阿登纳，看着平时报纸上那些外国总理或长官的面孔，我会从他们的表情中看到深刻的觉悟，看到一份重重的沉郁感与哀伤。那是身为一国总理或长官，肩负国家命运的人的表情。他们当然不认识自己国家的每个国民，但他们的面孔告诉我：他们像认识每个国民一样心怀国民，为消除国民的不安、实现国民的愿望而思索着。他们带着任务去外国的时候，全体国民的幸与不幸重重地压在他们肩上。其分量从他们阴沉的表情中能看得出来。他们的面孔让我不禁想：父亲去问医生自己孩子的重病能不能动手术时，脸上的表情大概就是这样吧。

我们国家的首相又是访问冲绳，又是接见上访的大妈，又是用指尖按眼角，又是用手帕擦眼睛。看那些照片，我清楚地明白他这个人继承了从小就被教育不要流露喜怒哀乐的我们祖先的基因，几乎没有感情波动，特别拙于表达感情。另外我看了他的风采也知道，他不是一个崇洋媚外的人。我倒也不觉得他是在流假泪做戏给人看，但他的神态里还是没有触动我的东西。

关键是首相那一瞬间的眼泪，能否在第二天、一个月后、一年后也被保存在他心里，像永不熄灭的火一样持续，这才是要紧的。一瞬间的感动，像日本新闻界行话说的那样“眼角发热、用白手帕轻轻按眼角”，这些行为本身并不那么重要，也不会让我们国民心存感激。

阿登纳在职期间，怀抱着民众的信任与希望，像揣着重石一般前行。他最后有没有享尽天年呢？我看到他的时候，他的身体好像很健壮。我国首相，最近也有早逝的。不过讽刺的是，那人的早逝似乎是因为每日忙于发表莫名其妙的言论和老一套的敷衍辩辞，过于辛苦所致。

选举之际

这五六年来我一直懒得投票，每天待在房间里啃巧克力什么的。其实在那期间，我还是投过一次票的。

我的公寓的邻居都是些市井女人。我写这些并不是瞧不起市井女人。战前日本的市井女人当中，很多人都比差劲的太太像话得多。现在也仍然如此。

不过S庄，尤其是我房间上下左右的女人素质确实差。那是因为我是怪人，怪人和她们根本就是截然相反的存在。她们在我的身边就会渐渐变坏、面露冷笑。她们很可怜。

然而不可思议的是，那些妇人、姑娘竟然标榜道德。因为我不长记性，一个妇人先后拿走了我随手放在那里的珍珠戒指和装着四五千日元的钱包。（不是我瞎猜，公寓里最聪明的I太太和我的挚友、如今在F社做事的Me公——他也是绝顶聪明的人——私下也有相同的看法。）每当我们走到PTA夫人——我和Me公给那位夫人起的绰号——身边，她就开始大谈："我向来正道直行……"要是她一正直，我的戒指钱包就不见，那也叫人头痛。而每次那帮妇人必然装模作样地赶赴投票站。终于有一年，我也随了她们的步调，往投票站去了。

至于我为什么讨厌去投票，那是因为无论读报纸还是听传闻，我都无法了解哪个人清正廉洁、哪个人背后有黑幕。我信得过的人不是世田谷区的候选人，而世田谷区的候选人，不管是住得离我远的还是近的，我又都一个也不认识。

在那种机制下，每有坏人当选，所有的媒体、所有人都说责任在选了那个人的我们，叫喊："看仔细，选个好人吧！""睁大眼睛，选那个清廉公正的人吧！"我听了之后心急想发怒，觉得无聊透顶。看登在报纸上的那一排排面孔，我无论怎么睁大眼睛看都一样。那是用于选举的正面照片，看哪个都觉得不可信赖。照片不必是欧洲的音乐家、演员的那种别致照片；但眼下的照片，即使里边有值得信赖的人，他的面孔也已经被粉饰成了千篇一律的议员脸。

每次选举时期来临，我首先会绝望。那就像人家叫我摸黑摘一朵自己喜欢的花一样难。继而我会一个人待在房间里，气鼓鼓犹如生病的鸟儿。搞不懂什么叫无党派让我头痛，另外我们不能参与选举大臣，这也让我恼火。

愚蠢的求美心理

最近，懂得美成了普通人必须具备的修养。某家出版社推出了《世界美术××》全集。据说那是“必读书”，于是学生到了高一就得买那套全集看。那套书的大幅广告占满了报纸的一整版，青年女演员读它的照片也上了报。维纳斯雕像来上野展出，也成了“必看”。于是美术馆挤满了仿佛气候异常时铺天盖地而来的飞蚁般的中小学生。巴黎卢浮宫的一间屋子里只有维纳斯一个人，她在静谧的气氛中立着，从肩头到全身沐浴着黄昏般柔和的光线。相比之下，如同某家小事务所的临时厕所的建筑里，维纳斯供人看热闹似的被迫立在那里，从二楼栏杆到楼下挤满了成群的大人孩子。维纳斯置身其间，她会感到多么惊讶啊。这种哪个国家都没有的粗野之事，正在现代日本发生着。

要懂得美，文豪著作也是必读书。于是，世界文学全集、日本文学全集、中国文学全集、×鸥外全集、××漱石全集等反复出版，好像所有出版社每年都出版同样的东西。即便如此，出版社仍发了财。那些全集、选集使用相当优质的纸，还有函套用纸、纸板，腰封用的薄纸、广告小册子用纸，如此大量的纸是由哪个县的哪家造纸厂生产的吗？它们铺天盖地，小偷比海滩的沙子多，但这种纸更多。好小说家写的好小说本该安静地立在书店的书架上，可出版界和广告制造的喧嚣“盛况”却偏偏给人造成错觉。最近一进书店，耳边就仿佛传来怒涛般的噪声。书架上那些比以前更花哨的书之间，仿佛有支乐队在锵锵地鼓噪着（是那种痴狂乐手聚众乱弹的声音，比披头士乐队的音乐还难听），弹子球店“哗啦啦”的声音都要好得多。

人们拥向美术馆，或是挤进书店后背挨后背、这边菜篮子里伸出的大葱碰上了那边人背上的孩子，再或者聚众观赏春天迷蒙的蓝天下挤满枝头、淡粉色花瓣随风飘散的樱花。不知为何，这些“求美之人”就像是关东大地震时逃出火海、挤满服装厂的避难者一样，拼死聚在一起，灰头土脸。就像王朝时代的“殿上人”[1]所嫌恶的下等人一样。

人们忘记了地震，高度超过巴黎埃菲尔的铁塔令他们自豪，新帝国剧场、××饭店、××报社、马克西姆大饭店等摩天接地的建筑陆续被他们建成。为了残疾的“帝都美化工程”，没有驾驶证、经常醉酒、性格反常的小伙子驾着运沙石的卡车在六环、七环，各条环城路上横冲直撞，孩子丧生。

我无论如何都只能认为这种种“盛况”是愚蠢的胡闹，而我也不认为年轻人的审美会因此变得比战前更敏锐。

1　日本古代宫廷中服侍天皇的官吏，能到天皇日常居住的清凉殿值班。

帝国饭店的倒塌

弗兰克·劳埃德·赖特设计的帝国饭店为许多欧美人喜爱，称它为“Imperial Hotel”。我心中浮现的帝国饭店，总是在日比谷公园前的微暗暮色中亮起橙色灯光、让人倍感亲切的样子。

日本有一家外国人亲近、喜爱的饭店，这是日本的一笔财富。正如藤原义江所言，东京帝国饭店是座“傻气的建筑”(“傻气”指从容有余、有趣味，这是饭店设计者心胸开阔的表现)。拥有那样有趣、让人有亲近感的饭店，珍惜它并且以它为荣，这是日本这国家有文化底蕴的一个证据。托赖特的福，日本除了以前的寺庙、美术之外，还拥有了建于大正时期的好饭店。

而有些文化人不知出于什么想法，说：“想保存帝国饭店只是伤感心理作祟罢了，应该拆掉它来建造便利的建筑。”当然，提倡保存帝国饭店的人嘴上说要保护文化，心中有份伤感确是事实。但，无论伤感这种情绪多么傻气，我们都不应该轻视它。

人类所怀有的高贵思想，犀利的理智，丰富的感情、情调、情欲，非理智的爆发式的愤怒、憎恶，它们没有贵贱之分。如果将这一切统一的理性——将它们汇集调度的精神指挥棒足够完美、高明，那这所有的情绪都会是美好的，并表现为外在的气质流露出来。

无论化学还是数学，学问发展到高等阶段就不能只靠理性，感情也有助于新理论的发现。从数学家冈洁的文章中，我懂得了这个道理。我还知道，艺术之邦法国有伟大的数学家、化学家，化学发达的德国也有杰出的音乐家、文学家。伟大的音乐家一边准确地演奏复杂缜密的乐谱，一边令人从准确的音符中感受到柔和的光芒、花儿的芬芳；他们的演奏是知性与感性的交融。发自感情、情绪的“伤感”，就如音乐中的颤音。

在帝国饭店那烧木柴的大壁炉旁边，一边喝白兰地一边瞎聊。拥有这段记忆的夏里亚宾等人，或许会纯粹出于“感伤”而支持保存帝国饭店。

帝国饭店有点破损的时候，不去委托赖特的弟子来修复，放任饭店直到快要倒塌的犬丸经理；还有见美国舆论喧哗起来才觉大事不妙，抛出保存帝国饭店主张的大臣；他们都令我感到头痛。

核能航母与混战

我已经记不清有多少艘潜艇停靠在佐世保军港了，一艘艘潜艇像冰冷苍白的手触动着我们日本国民的心。这次，来的是航空母舰。刚才我听广播说，航空母舰有三艘。当然“全学连”[1]赶过来与警察进行了一场混战，而这次或许是为了牵制政府，“全学连”在航空母舰到来之前就动手了。供美国兵消费的酒吧等场所一边避风头一边暗中等待时机。而无关的商店、医院方面，则因蒙受损失和忙碌而愤怒。

大家都来谈对那场混战的感想，佐世保的孩子吓得用毛剃语[2]说“好可怕”。认为这全在“意料之中”的是一个酒吧男子，他说：“已经定了的事，也没办法吧。”大概一边用餐巾擦着杯子，一边简明地回答道。教授、官员、作家了解我不知道的情况，他们基于那些知识发表了意见。意见当中也含有这个意思：既然日美签订了安保协定，日本就不能拒绝美国军舰停靠在佐世保军港，这是理所当然的。他们的意见和酒吧男子一致。

1　“全日本学生自治会总联合”的简称，1948年成立的日本大学自治会联合组织。

2　即九州方言。《博多小女郎浪枕》中毛剃九右卫门等人说九州方言，戏剧爱好者便称九州方言为“毛剃语”。——原注美国的潜艇、航空母舰来了！这一骇人事实背后是安保协定，而安保协定背后是日本战败的悲惨结局。战败前夕，日本被扔了原子弹。天皇陛下主动会见麦克阿瑟，说自己无论如何也要拯救国民；吉田茂说不与麦克阿瑟以外的军人商谈。没有卑躬屈节地全盘接受美国的条件，把美国让日本成为它的附属国的意图压到最低，保住了颜面。所以才有了安保协定，才有了装载着氢弹的舰船停靠在港口。（佐藤首相出于感伤的、过度的报恩心理，为恩师吉田茂举行了国葬。很难说吉田茂国葬完全没有让美国政府首脑产生想法，认为加快促进舰船靠港也无妨。对于吉田茂当年不得已的抉择，日本国民虽然悲伤，但也觉得划算——美国人理所当然会这么想吧。）

去年十二月七日的报纸上，登着昭和二十年[1]九月“日映演”[2]职工拍摄原子弹爆炸后的景象的照片。还有十二月二日的报纸上登着另一张照片，原子弹爆炸电影试映会上，有关人士专注地盯着画面（那是绷紧所有神经，看到真正可怕之物的人的面孔）。我看了照片，被打动了。

虽然现在有了休闲娱乐和三大件（空调、彩电、汽车），我还是希望日本民众能够把那些人内心变成冰冷硬板时那难以形容的表情（这是日本人的表情）一直铭刻于心。我最近有时就想日本干脆做人家的附属国好了，因为我们国家的存在方式过于悲惨。我和佐世保的酒吧男子意见一致，虽然这对我没有一分钱好处。

1　即1945年，当年8月6日美军原子弹摧毁广岛。

2　“日本映画演剧劳动组合”，即日本电影戏剧工作者工会的简称。

白种人与黄种人

我虽一向钦佩白种人的文化素养，内心深处却有另外一种“白种人观”，大概。我以前也写到过，白种人的某个特别强大的国家，将氢弹投放点选在黑人或黄种人的居住地上空，这是毫无疑问的事实。其原因在于，白种人打心底厌恶我们有色人种，认为我们是做实验用的人。白种人对黑皮肤、黄皮肤的厌恶并非出于一种无法自控的主观感觉，而是因为他们相信肤色白是优秀种族的证明，这简直蠢得不像他们该有的想法。

令我持这种“外国人观”的契机是很久前的一件事。有一天，长原坦家里来了个意大利画家，那位女画家接着又来到我家。我出来打招呼并与她握手，那时我发现她厌恶我们有色人种。虽然只是几分之一秒的差别，我感觉出她想迅速抽回手去的意思，由此知道了我的手在她感觉是令人不适的。她的手无法等到手与手自然分离。当她从我手中轻而快地将自己的手抽出时，我分明感到了白种人对有色人种的厌恶。

她并不是缺文化素养的人，不是那种一味自信自己是优秀种族的美国商人，她好歹是个艺术家，尽管我不知道她的水平如何。她对长原坦应该有一份对作品入选文部省美术展览会（现在的日本美术展览会）的优秀画家的尊敬，对我也应该有对一个文人遗属的起码的尊敬。由此可见白种人对我们黄种人深深的厌恶确实存在，大概错不了。

美国人看日本人的眼神里藏着看黑人的那种视线，他们称赞我们国家的传统艺术及工业技术的千言万语、连声叫好也抵消不了他们心底的蔑视。真正理解并用尊敬的目光去看我国艺术的法国等两三个国家（也包括苏联）的人也一样，一提到日本的政治或军事就完全变了样。白种人相信只有皮肤缺少色素、像白墙一样丑陋的人属于优秀种族；而我们黄种人也无缘无故深信有色素、有光泽的漂亮皮肤是劣等种族的标志。甚至有些日本人坚信自己是白种人，瞧不起黑人和其他黄种人。这一切都很滑稽。

种族歧视最严重的美国人比别的国家的人更喜欢高唱“人道”、礼赞基督教，这也令人笑掉大牙。日本的政治家必须把这点记在心间，让有教养的、善于言谈的人做代表，努力让美国人——哪怕仅限于相熟相交的美国人也好——改掉蒙昧的看法。现在是非常关键的时期，不是无所事事、一味钻研如何耍花枪、打马虎眼的时候。

肺腑之言

拳王阿里公开声明："我是××教徒，我拒绝入伍。"他拒绝参战似乎也有反抗白人对黑人种族歧视的意思。他还说："'黑鬼（nigger）'是用来指死人的。"东京周边地区黑人士兵被送去越南战场，他们被当成盾牌，有危险先让他们去挡；这我是知道的。美国士兵上美国的战场理所当然。虽然许多美国白人士兵死在最前线，人数比黑人士兵更多；虽然他们也是无可奈何，被迫丢了性命；但黑人士兵平时在自己的国家受到的歧视待遇，给他们留下一大心结；所以他们对战争的反感程度会比白人士兵强烈百倍吧。

报纸报道了邻国核武器制造的巨大进步。在此之前，世界在我看来是个长着一对福神般巨大的脑袋，身子细长的怪物。如今，我看见那对脑袋旁边又长出了另一个大肿块。这自然会引发核辐射雨灾害。我不是科学家，不敢断言日本那些可怕疾病的增多（外国大概也出现了种种征兆，这里我只说日本）与放射性物质有关；但看到牛奶里含有放射性物质的事情被报道出来，很难说那些疾病与放射性物质无关吧。孩子得白血病，患癌的例子在增加。比政治家、诚实的文学家、学者——没有他们就没有人讲真话，这么说也不夸张——很多人都因为癌症相继死去。

在那个可怕的世界中，我被拳王阿里的话语打动了。阿里的声音发自肺腑，虽然是带有政治意味的宣言，却也是长年无辜受难的黑皮肤的人那像痛苦的孩子发出的叫喊一样的，来自灵魂深处的喊声。

最近还有一件事刺痛了我的心。那是一个怪病蔓延，许多人死去的村子里的一个女孩的声音。面对记者关于她死去的父亲的提问，孩子说“爸爸的病治不好”。那从心底发出的声音，那种悲哀的余韵，让我心里五味杂陈。日本的城市到处充满了休闲气氛，有像美国人一样高傲的有车族，坐在车上用轻蔑的目光俯视四周；有把辫子盘成发髻、用洗衣机洗特价罩衫，摆出贵妇嘴脸的女人。红色的草莓、柠檬黄色的酸橙，在我眼中都是连皮里也含有放射性物质的可怕果实。日本人应该清醒认识，强国选择在有色人种的居住地上空进行氢弹试验，这是一种令人悲伤的“优待”。有核武器的国家越多，世界就越没有使用核武器的危险——即使我们心存这种乐观的展望，也请不要忘了脏空气的可怕！

我能理解的事情

近来，报纸、广播等的报道也好，社会上的事件也罢，还有我周围发生的事，所有一切都让我难以理解。事件，还有人们的心理，都是我百思不得其解的、超出了我的理解范围。战后，尤其是最近，我每天都生活在一团迷雾之中。

在各种事件中，太太、母亲，这些女性的心理状态，总会引起我的担忧。虽然女人都会懵懵懂懂地变成谁家的太太、母亲（剩在闺中很丢脸啦，明年就“奔三”啦，无颜面对亲戚朋友啦，她们因为这种种不成其为理由的理由嫁人，成为妻子，继而理所当然地成为母亲。而在日本这个国家，有这么一种愚蠢的粗野之风：即便是男人，长期单身也会被“不会是有问题吧”的怀疑所包围。女人长期单身，就会被背地里小声议论说“是不是有残疾”，成为中老年妇女的关注焦点。），但其实太太、母亲是责任非常重大的职业。

最近的女人们，遇到个普普通通的男人，姑且有房子没老妈子，她们便放弃当 × × 小姐、当明星、当空姐的种种梦想嫁了过去。有的女人丈夫出门在外，自己独自带孩子，熬成了神经衰弱，结果把宝宝淹死在澡盆里；有的妈妈是一不留神，小孩子死在了废弃房屋的冰箱里，或是乱跑冲上马路被卡车撞死。这种以前绝对不会发生的事件，即使有也极其罕见的事，如今接二连三地发生。

那些没能保护孩子生命的母亲，平常自己行事的时候，似乎没有绷起“孩子在哪里？正在做什么？”这根神经；母子之间的心灵相通、牵绊，已经不知道脱落到哪里去了。

报纸上登出了一则报道：一个火车司机跳车与火车赛跑（由于坡陡，车闸没法让火车马上停下），把在铁路上玩耍的孩子救了下来。单从这则报道看，无论刹车的司机和他救人的行为，还是孩子母亲的行为（孩子不见了没多久，她越过横放在铁路口表示禁止通行的梯子跑过来，那时她听见尖锐的汽笛声和急刹车的声音，心揪到了嗓子眼儿。），我都能理解。司机为人可靠、尽忠职守，母亲警惕的、强大的心弦连着自己和孩子。报纸上刊登了南泽司机的照片，他的神态不是那种场合常见的一脸得意地挥手的神态；而是刚救下幼儿后一副疲累的样子，目光有些涣散。这我都能理解。

聪明厉害的现代孩子

现在有孩子的人对频发的交通事故深感恐惧又气得不知所措，不知该说什么。

有的大人愚蠢得可憎，他们由于错误的个人主义，只为自己的孩子大动干戈，别人家的孩子则无关痛痒。与之不同，那些脑筋正常的人即使自己没有孩子，也有一股与有孩子的人完全一样的愤怒和恐惧。

组成一个个孤立的小团体申诉、抗议的母亲随处可见，还有人亲自出马整顿交通。父亲们有工作要做，不能在路边挥舞黄旗，但心情是与母亲完全一样的吧。

不过要说日本的男人，在“etiquette”（礼仪）一词与小麦一同（？）从美国传过来之前，他们就因过分讲礼仪，做事缩手缩脚的。比如在挤满人的电车上，日本男人看到从自己身后过来的小孩被人群挤得远远的，也只是提心吊胆地小声呼叫，而不会大喊一声“请让那边戴红帽子的孩子往这边来一下”。所以在孩子的交通问题上，一定也有父亲待在家里却不肯出来挥旗子吧。

当然母亲也讲礼仪，程度甚于父亲，而她们却不得不毅然丢掉羞耻感。不过她们毕竟势单力薄。因为听取她们呼声的是没有明确意图、没有执行力，暧昧不明的，叫作“日本政府”

的这么一团混沌物。

两三天前，广播里播了一条消息：翻斗车发生事故将被处以较高额度的罚款。如果没有听错的话，这真让人高兴。不过，罚款金额一定还远不到让开翻斗车的小伙子提心吊胆，一百个小心注意车子前后的地步。日本政府付出时小气，取当取之物时也小家子气。也许是我的误会，我以为外国的政府会用父母对待孩子的温情妥善处理一切，用不着国民亲自修理道路，用不着母亲跑到街上拦住车辆，也用不着主妇拿着煎锅出动。

早上我看报纸，小学生的照片占满了整个版面。孩子们一个个穿着漂亮夹克，有的带着坚强无畏的神气，扬着手从车辆跟前走过；有的经过车辆和护栏之间的窄道；有的排成一队通行。那股精气神，开翻斗车的小伙子都未必招架得住。

如今的孩子们再不能沉浸在蹦蹦跳跳、打打闹闹的甜蜜快乐中。由于异常的交通状况，由于许多大人的混乱（教育、管教方法的混乱），孩子们反而变得聪明、厉害了。窝囊父母的孩子反倒争气，世上这样的例子很多。现在看着电视长大的孩子也不像明治、大正时期的个别孩子那样，早熟得很不健康。我对十年、二十年后的他们抱有希望，以一种几欲涕零的心情……

沐浴着水花的年轻人

有一天我翻开报纸，一张照片跃入视野：自明治某年以来的最冷寒冬，三个年轻人不知在做什么，从头到脚沾着白晃晃的水花。我细细一看，他们手里拿着长柄竹刷在擦洗船底。照片的文字说明写道："他们正在擦洗船底。ふ头几乎滴水成冰——摄于东京水产大学停船处，东京港区港南四丁目。"

"ふ头"有点棘手……"ふ头"到底是什么"头"呢？[1]明治时期的报纸里如果夹杂着这个组合词，识字的人会感到惊讶吧。至于靠假名注音的汉字学知识的务农大叔、天保[2]年间出生的卖烟大娘、里巷卖豆腐的人家，他们就更不知所措了吧。过去人们靠标注了假名的汉字学知识，没有上过小学的人也在不知不觉中记住了汉字写法，在给女儿雇主家寄的明信片上也写汉字；即使是相当懒惰的"学生"，也不会一脸茫然地——疑惑"ふ头"是指大头还是小头——写下这种怪异的组合词。

我不小心纠结于"ふ头"，写偏题了。言归正传，这三人说服了美国朋友（不是说服奇怪的大姐），在横滨港做临时点货员（这是什么工作？）、卸货工，又在东京做修路工，用按

1　此处实为"埠头"，现代日语特意简化，用假名读音"ふ"代替了生僻字"埠"。——编注

2　日本年号，1830—1844年。

月付款的方式买了一艘七十万日元的帆船，打算巡游南太平洋岛屿。这篇带照片的报道出现在整个头版，一些照片并排登在上面：在东京港扬帆行驶的“第一夫人号”（他们的船）的照片，他们练习使用六分仪（这是什么东西？对于平时描写非现实世界、头脑也与现实无关的我而言，这东西简直匪夷所思。我也曾想描写坐帆船的青年，但我写这个实在不行）探知船位的照片，他们把船弄上岸整修的照片，他们修理至关重要的船帆的照片，等等。他们是江东区越中岛东京商船大学航海科的野口顺三、中川清和斋藤敬一。

他们脸上、脖子上、雨衣肩膀处，全身都淋上了明晃晃的冷水，冻得微微皱眉，却似乎打心眼里高兴，眼睛里闪着希望，使劲擦洗船底。我一次次出神地看他们的照片，我感动了。就连鱼儿也有要溯流游到某条河上游的志向，某些年轻人却一脸茫然游荡在街头，而他们与那种年轻人截然相反。我想，让生命的每一刻都在痛苦与欢乐中生动度过的，原来不只有我所认识的那些搞文学和绘画的年轻人。

我心爱的年轻人

早稻田大学高级管弦乐团的学生们，不理会旁人的忧虑，直接同对方学校联系，跑到美国的伯克利、斯坦福大学、圣名大学等高校演奏爵士乐，赢得了好评。

以渡利一夫、榎本好和、饭沼武等人为核心的研究团队的一群年轻人（他们来自科学技术厅放射线医学综合研究所这个名称复杂的机构），研制出一种能够迅速吸附胃里的放射性尘埃铯-137，并使其排出体外的化学药物。（那是一种金属亚铁氰化物。属于一种金属盐的金属亚铁氰化物与离子交换树脂发生化合反应，原用于捕捉海水中的放射性尘埃。该成果在去年九月的国际放射线防护会议上公布，引起了世界学术界的关注。人们认为它也能用于医疗，便用老鼠做了试验，试验成功了。据说，服用后四十八小时基本排出体外，而且看不出有毒性。但已经进入人体组织的放射性物质就没法吸出了。不过据说人体组织里的铯在代谢过程中有一部分还会再次出现在消化道，所以长期服用该药物能够促使铯排出体外。）

还有位单打独斗的年轻人表现也不错。他是现居英国、五岁时因患小儿结核病而失聪的柳井武国。柳井武国曾有七年时间一个劲儿地读游记、旅行感悟，下定决心后在东京租房一年半，在东京湾做装卸工、去医院打扫卫生间，攒了三十万日元。父母拗不过他，给了他二十万日元。他拿着这笔钱，乘法国轮船去了伦敦，一路搭便车周游法国、意大利、瑞士。他在伦敦地铁认识的聋哑人把他介绍给英国聋哑人联盟，经那里的推荐进了柯芬园皇家歌剧院的保洁部，如今也在那里工作。有人问他，你研究英国聋哑人的生活、组织，回到日本后会从事同领域的工作吗？对于这个平淡无奇的问题，他回答“我想大概不会”，他说自己在聋哑人兄弟中间仍然是个人主义者，还表示不希望自己过于深入，变得无法脱离这个群体。而他心中一直在比较、琢磨日本聋哑人和欧洲聋哑人所处的环境不同，这似乎是他内心酝酿的课题。不逞好汉，坚定地独自走下去——特派记者如此报道。而这也是令我格外欣赏的一点。

这些活出青春精彩的年轻人是幸福的。

佐贺县的大学教授

无论欧美还是东方，人们似乎都喜欢以故乡为荣。法国古典戏剧的舞台上，演员漂亮准确的法语发音中能感受到一股发自心底的自豪，那股自豪仿佛在告诉观众："聆听这美妙的法语吧！法国是拉辛的国度，是高乃依和拉·封丹的国度，是艺术的国度。好好嗅取法语的芳香吧！"夏目漱石的幽默小说中，我们似乎也能读出江户儿的优越感。森鸥外为日本而自豪，同时也因为在柏林待了八年，也会为德国乃至欧洲而自豪（仿佛自己是欧洲人，对欧洲怀有与对家乡同样的自豪感）。

我像爱父亲一样爱外祖父博臣，所以除了对东京，我对自己没去过的外祖父老家佐贺也有份故乡情结，为那里的人和事而自豪。最近，某报纸上登出了佐贺大学的一件事。当时因学生处分、宿舍电气化、自来水费等问题引起纠纷，又赶上期末考试，学校乱成一团。报道刊载了一位老教授的照片，老人正把枯瘦的手搭在一个学生肩上。那孩子因为少数学生的暴动而感到失望，正犹豫是否要参加考试。老教授用消瘦的双腿坚定地站着，鼓励对方：好好参加考试吧。无论怎么鼓励，教授也没能让那个坐着的学生站起来。老人十分焦急的样子，侧脸上写满了对闹事学生和好学生（他知道这实在不算什么）的关爱与心疼。

看了那张照片，我像法国人一样思索：佐贺的大学教授就是不一样。东京那些教授会认为自己毫无过错，所以面对现在学校的状况、学生自治会的状况、学生的状况依然端着架子，发表空泛的意见。佐贺的大学教授跟他们不一样，不是很棒吗？

事情怎么会变成那样呢？看着与其说他们“不太理智”不如说他们“完全失去了理智”的闹事学生，就像看到当年反安保运动的学生——桦美智子死于那次运动——一股想要写点什么的悲哀袭上我心头。我不由想到：在战后的种种变迁中（变迁？好轻描淡写！），日本的教育界，乃至教育家如同没有了罗盘的船，一味顺着美国的指针漂流。我又想：我们国家所说的爱国与法国人的爱国不一样，不够动真格，缺乏热情（爱国不只是摆出威风的样子，不只是言辞上的爱国；而是需要动真格）。恋爱的热情是私人问题，没有热情、逢场作戏都是自己的事，我只希望人们对学生的事——这关系到国家未来——付出热情。

只可惜别说对学生了，就连婴儿喝的牛奶里含有放射性物质，日本厚生省也是置之不理。

反人道主义颂

池田满寿夫在登在《日本读书新闻》上的日记中写道："时隔多日，我领教了森女士的反人道主义论和'知性'女演员驳斥论。"编辑看后找我约稿，于是就有了这篇延续了我一贯风格的怪论。

世间的一切我都看不顺眼，从早到晚（包括半夜）都憋着一肚子火。因为家里基本上没有别人，所以我都是独自生闷气。猫儿（我那过于聪明机灵而变得奸猾，已经死去的黑猫朱丽叶）在的时候，我对猫儿倾诉。最近，我生气时就自言自语。我也渐渐开始对身边的人说，并且因为大家觉得有趣而沾沾自喜。去参加无拘无束的聚会，酒宴正酣时，我就会醉醺醺地发表一席演讲。我不能喝酒，一高兴就脸红，变得晕晕乎乎。

我接下来要写的不是即席搜索枯肠得来的字句，而是再现我在白石嘉寿子的生日聚会上说的胡话。我觉得写下来究竟不如说得那么有趣。那天我说话时满脸涨红、披头散发（从一开始就如此），痛斥伪知性女演员，一副大骂"狗屁文坛（用词实在不雅）、狗屁文艺评论家"的架势，最后把全社会贬得一无是处、批得体无完肤，样子十分有趣。文坛、人道主义文艺评论家和迂腐的道德小说家如果当场听了我的话，或许反而一点都不生气。若要忌惮文坛、人道主义文艺评论家或某类道德小说家，我那些小说就一个字儿也没法写了；所以我早就把他们气坏了——无论什么时候，怯懦都要不得。

人世间充满了伪人道主义，印着铅字的地方，日复一日都是这些词句："令人莞尔""催人泪下""举行慈善义演""代理厚生大臣某某到场""女演员某某子也表示赞同，并做简短致辞""越冬队终于回国，队长某某和前来迎接的家人相视微笑"(我读书少，不知道越冬是为了什么。只知道越冬队丢下了一只黑黑的狗儿太郎还有其他几只狗狗，让它们在冰天雪地里过了一年。他们丢下狗儿后说："越冬队有规定，飞机上的人和行李有重量限制，如果超过限重，就把一两个人或不用的行李丢下。我们根据那条规定，决定丢下太郎。"这些越冬队员事先都知道那条貌似传自外国的"队规"，万一被留下也有心理准备。但太郎它们不知道那条"队规"，狗儿们只是高兴地跟着平时疼爱它们的主人，无意识地拉雪橇。没有了狗儿，我不清楚越冬队做什么去了。只知道他们消耗大笔资金，吃着香喷喷的肉和罐头一边做的那份工作最终未能成功。太郎在狗儿当中是出了名的，如今报纸也时不时地登出太郎那年老却依然可爱的、乌黑的身影。我每当那时便会有些心痛。心想如果不是住公寓，我就会托人把它带回来，给它快乐的生活。这我以前也写过。)"神清气爽"……所有美谈、美德、美文、美丽的东西进入视野，而我讨厌为这种廉价的人道主义而面带微笑、眼角发热、神清气爽的人。我在白石家的聚会上满脸通红地说话，一点都不神清气爽，倒是半夜浑浊的空气清爽得多。

伪人道主义那不无可怕的、厚厚的乌云，就像我孩提时看到的遮天蔽日的玉兰花那又白又重的“华盖”一样，几乎要把我压垮。我很久以前就有这种感觉，那东西沉甸甸的，令人抑郁却无处躲藏。好在以前父亲和母亲撑起了那团沉重的乌云，不让它罩在我心上。然而现在乌云渐渐落下来了。它的压迫使我感到坐立不安，我每日长卧不起或许就是这个缘故。当然了，我就像除了需要进食的时候，其余时间都无力地挂在树上（在地上就盘成一团）的蛇一样懒惰，懒到常用的东西都扔在伸手可及的地方随时取用。所以我躺着的原因也是两方面的吧。

——我一直以为，蛇无力地挂在树上是因为犯懒，盘成一团就等同于端坐。最近，我拜访（这篇文章写了一半时）了“绮龟喜龟窗”的主人高田荣一。听他说，挂在树上和盘成一团都是蛇瞄准猎物时的姿势，而蛇休息的时候会直挺挺地趴在地上。高田荣一还生气别人说蛇身子长、没有腿什么的，他说，有四肢的人在蛇看来才是怪模怪样。听他这么一说，我也觉得有道理。如此想来，有四肢、站立行走的“人类”这种怪物，不知从何时起发明了“人道主义”这玩意，别说是伪人道主义了，连真正的人道主义也是一种怪玩意了……

我是真的讨厌端坐。话虽如此，在三岛由纪夫家的聚会上，我不能冷不丁往长椅上一躺，说“前些天太感谢了……”；在吉行淳之介家的客厅里，我也不能突然躺在地板上，对枥折久美子等人说“打那以后啊……”。

说起来，我前阵子写的小说里，少女藻罗除了美丽的脸蛋和身材，还有女人的坏心眼，几乎就是我的翻版。世上还有比从床上坐起身来更令人疲软，令人生厌的事吗？自从成为一间屋子的“堡主”以来，我很少坐着。只因世上还有一些躺着实在做不了的事，我才坐起来。再说写文章是累活，会让我的右手手指（尤其是中指和拇指）受累。

却说那天我当着池田满寿夫、富冈多惠子、白石嘉寿子和其他客人的面尽情摇唇鼓舌，大发议论。这里为了再现当时的奇谈怪论，我不得不给右手中指和拇指使劲。议论中，白石嘉寿子激动地说：“真正的评论家就在聚会中啊。”这话放在其他伙伴身上也完全正确。我说：“那些所谓‘庶民’，完全没有感情，只是靠生理的、性的冲动流泪、哭喊（像“义太夫”[1]、浪花调、新派戏剧等玩意的眼泪和叫喊），死了也不可怜。”富冈多惠子听了说：“森女士有时候真邪气不得了。”那是当然，真正富有人性的人会无比无邪，同时又会无比邪恶。那天晚上，平时说话滔滔不绝的两位诗人也甘拜下风，不得不洗耳恭听我的议论。

好吧，先来说说我的“伪知性女演员”驳斥论（就像池田满寿夫的反人道主义论其实批判的是伪人道主义，我的知性女演员驳斥论实则在驳斥“伪知性女演员”）。

我曾经是高峰秀子的影迷。当初在电影《丈夫的贞操》中见到年约十四岁的她，我第一次对她产生了兴趣。那时她住在高田稔和千叶早智子夫妇家里，和高田太太的挚友入江隆子同住。有一次，高田家的女性亲戚聚集在厨房里，说：“这就好比把鲣鱼放猫嘴边呀。[2]”她听了，半懂不懂、一副小大人的样子

1　江户前期竹本义太夫（1651—1714）创立的净琉璃剧种。

2　日本谚语，把鲣鱼往猫嘴边放，马上会被吃掉。用于比喻某事物被置于险境。——编注

说："为啥要把鲣鱼放猫嘴边呀？"那样子十分有趣。

十六岁左右的年纪，她从松竹转到了东宝。有一次，她对记者说："我想演成年人，想演反派。"十八九岁的时候，她头上烫着可爱的鬈发，摇摇晃晃地拎着当时流行的方形箱式手提包。她鼻子和嘴巴挨得很近，笑起来时鼻口之间有一条横纹。她和黑泽导演谈过恋爱，有传闻说那场恋爱在她要大红大紫的时候影响了她。后来她似乎又谈了多场恋爱，二十多岁时她放言"我是女魔头哩"。

有一天，一个新手摄影师战战兢兢地去给她拍照。她同情对方，穿上各种西服，摆出各种姿势，最后把对方送到玄关，抱着胳膊说："有机会再来吧。"读到那篇报道，我大为感动。因为当时我是一个离婚后回到娘家、烙上"单身"红字的女人，没有了活着的价值。（过去美国的女囚，要被烧红的火筷子那样的东西在额头上烙上A字。漂亮女演员莉莲·吉什演过受那种刑罚的女囚。她的表演能让不去看粟岛澄子演戏的知识女性泪流满面。）那时，我也想做一个新手记者，跑去她家。要知道，自从长原孝太郎先生（一位西洋画家。我父亲去世后，家里门庭冷落，他尊敬我的母亲，和我们来往，并教我弟弟妹妹西洋画。）去世后，就再没有一个人对我说"有空再来啊"这样的话。

那时她的人道主义是真正的人道主义。我把剪下来的她的照片收集在一只大纸箱里。有张照片上的她身穿白色夏季洋装，在爬山虎或别的什么植物盘绕的绿篱前笑着，最是让我喜欢。那时的她似有成为山田五十铃那样有股"艺人魂"的演员的迹象，但她不知不觉地变了，辜负了我这个影迷。我那只装剪下来的照片的箱子空了，过了多年，又集起了让·克劳德·布里亚利的照片。我有一天忽然找到了布里亚利和阿兰·德龙优雅地靠在一起的照片，以那张照片里的形象为蓝本，我写起了大概会让现在的高峰秀子讨厌的性倒错者的小说。

读了这篇文章的读者，大概会讶异于我竟如此熟悉日本电影和女演员们的幕后故事吧。我从前爱看日本电影，如今爱读周刊杂志。我还以对周刊杂志的报道了如指掌为豪。标榜知性的女人，无论女演员、主妇、姑娘还是BG[1]（现在说OL，什么"Office Lady"听得人一头雾水。当然好的BG肯定也有，我只是说大多数。）都瞧不起周刊杂志。读的时候，也是带着轻蔑的表情。我看周刊杂志是因为里面各种有点模糊的景物、人像的照片允许我去浮想联翩。这一方面是为了寻找写小说的素材（对我小说中的人物、景致、房间有兴趣的人似乎并不多，所以我给右手的中指和拇指运劲写这些事儿也没啥价值），另一方面是因为我对世上无聊的事情颇感兴趣。我知道，有一天在罗马街头，阿兰·德龙和罗密·施奈德坐在出租车里吵架（原因是阿兰·德龙有一次在罗马的一家夜总会把一个黑人女歌手叫来同坐，后来又和她约会）。罗密·施奈德一怒之下下了车，阿兰·德龙径自坐车走了。我知道就在阿兰·德龙渐渐疏远了罗密·施奈德的时候，她电影上映那晚，阿兰·德龙没有履行从拍摄地坐飞机赶过来和她坐在一起看电影的约定，而是让侍者放了一束红玫瑰在自己的席位上，附上了一张写有"依然爱

1　即"Business Girl"，女职员的简称。

你的阿兰”的卡片。我还知道，在搜捕小吉展案[1]的凶手期间（我讨厌日本人全都用“小吉展”称呼吉展这个别人家的孩子，这正是日本庸俗的人道主义的直接表现），某人屡次出现在孩子失踪的公园附近的咖啡馆，每次来都用自动电唱机放相同的歌曲，结果被一个绰号叫“有办法大叔”的东北口音的老人抓住了。后来清楚那人与小吉展案毫无关系之后放了他。我把所有无聊的社会见闻塞在脑子里，而世上的知性夫人、知性小姐似乎对那些东西毫无兴趣。实际又如何呢？真对周刊杂志不感兴趣的人，应该完全不在乎别人读不读周刊杂志，也不存在蔑视不蔑视周刊杂志的问题。

有一次在下北泽的书店，我发现查尔·阿兹纳弗的一张照片，那表情契合耿直、孤独、古板的园丁形象，心中欢喜。当我正睁大眼睛想再找找孤单的房子的图片时，一位夫人和一位小姐匆匆拿起三四本周刊，一边往收款台走，一边故意大声说：“这种书在火车上看看也不错嘛。”我在旁顺耳听到，不禁暗自发笑。对无聊的事情感兴趣，有什么不好意思的呢？我不懂。

真正的美女不摆美女的架子，真正的知识分子不摆知识分子的架子。那些所谓知性女演员才会强调知性，自视为名人，穿有文化气的素净衣服，最后在家里、私下里也穿起文化人的便装，一脸文化人的样子。有个女演员留着军人遗孀式的生硬发型，出门穿的衣服全是黑色，戴珍珠项链，大衣像是工装大衣。参加葬礼，她会穿上朴素的黑色丧服，拿着水晶小念珠

1　1963年在东京都台东区入谷（今松之谷）发生的一件诱拐杀害男童案。

去。拿着念珠倒还好，有些人还会把比僧人戴的念珠更小的念珠缠在手上，并在祭拜时捻得发响。那不是做买卖的、演戏的或寻常上班族人家出身的人会有的习惯。那是那种不仅自家人是知识分子（而且是那种精挑细选过的纯知识分子，那种人有点可怕），亲戚也都是知识分子，甚至有几个法语流利，牛津或耶鲁出身，与肯尼迪家族有交情的亲戚的人家的习惯。当初我婆家（我娘家不是那种可怕的人家）做法事，我看见女人们一个个手持念珠，第一次知道世上有此种习惯。不管怎么说，除了和尚，其他人就算拿着念珠也没有意义；且若和尚是酒肉和尚，也同样没有意义，更何况是没有宗教信仰的凡夫俗子呢。即使祭拜时把那拨得嘣嘣作响，即使佛教真的厉害、真有地狱和极乐，那也对逝者毫无意义。

我以前就酷爱日本电影中别具风味的爱情片（看过日本的好电影后觉得有趣是另一回事），曾和妹妹在肴町的驹込馆之类的地方看那些影片。爱情大片的男主人公大多板着脸，眉间挤出竖纹。他们一走起路来，脸部和脚步的特写便交替出现，悲凉的旋律响彻整个画面。我和妹妹欢欣雀跃，沉浸在喜悦中。我们互相监督，最后却都笑了。周围女演员或男演员的影迷瞪视我们，就差没骂我们神经病了。

同样是在驹込馆，我看过卓别林的一部电影，他扮演的侍者把金鱼从鱼缸里捞出，拿抹布擦拭完毕又放回鱼缸，让我大为赞叹。卓别林伟大过头了，他也变得过于知性，结果弄成了伪知性；也就是说，他也像知性女演员一样成了“名人”。至于查尔·阿兹纳弗、让·迦本、雷内·克雷芒和让·克劳德·布里亚利，他们在某种意义上是名人，却不是所谓的“名人”。卓别林刚和剧作家尤金·奥尼尔——我不知道此人是什么样的剧作家——的女儿乌娜结婚时，应该还没有变味儿。不过他一定是从结婚前起就一点点开始变化了的。当他接连勾搭配戏女演员，那时的他衬得起“演员”的名号。在电影中出演凡尔杜先生之类的角色时，他也是一个“演员”。但自从他被冠以“哲人卓别林”之类的称号后，我便不再看他演戏，也不知道他的情况。他在恋爱方面相当有能耐，只要看看他头戴高礼帽、手持竹手杖亮相时那双透出惊人光芒的大眼睛便一清二楚。（他和高峰秀子情况类似。我不是说情史丰富的人都能做个好演员，只是这样的例子似乎不少。）对叛逆吸毒并离家出走的儿子迈克尔，他这个父亲表现出最高审判官般的严肃，那也显得很无聊。迈克尔之所以叛逆，一定是冲着他的伪道德绅士的嘴脸，还有他与乌娜组成的“名流家庭”来的。

在松竹电影公司制作的电影中，爱情大片越来越少见了。前不久我在外面看电视，虽然没有面部和脚步特写的轮流映现，但剧中情侣的那种拘谨与严肃却一如既往，后面尾随着一个眉间皱起八字纹、貌似情敌的男子。看到那一幕，我觉得很有趣。

近来我看的净是些周刊杂志，诗人富冈多惠子取代了当初与我同看松竹电影爱情大片的妹妹，作为具有相似脑神经的人出现在我身边。前年除夕我和富冈多惠子一起看红白歌会，那是我今生最大的喜悦。记得那天，三桥美智也、桥幸夫等歌手穿着亮闪闪的、黑白相间处绣着金银丝线的和服，接过彩带、花束，然后咧嘴一笑。“啊，真成了彻头彻尾的追星族了！”我们激动地想，一副如痴如醉的销魂表情。最后，富冈多惠子说西乡辉彦很帅气，说她想喝茶。——既然以纯文化人自居，不做到这程度就不够格。

最近在一次聚会上，我又被富冈多惠子的高度知性感动了。那天她大概是小口喝着贺茂鹤清酒和白兰地，慢慢地醉了。醉了便唱起美空云雀的歌，还时不时地夹杂着念白。她后颈处剪得齐整的漂亮黑发和戴着水蓝色菊花耳饰的小耳垂美极了，上身穿着同样是水蓝色的套头毛衣，下身穿颜色素净的英国羊毛格子迷你裙，宛如芥川龙之介《南京的基督》中的雏妓。她意醉神迷沉浸在歌曲中，像印度舞女一样扭摆婀娜纤细的上身，闭起眼睛，整个身体都在歌唱。她陶醉至极，她的神情和肢体语言全不一样了，不再是那个获得H氏奖[1]、室生犀星奖的诗人多惠子，那犀利的目光，那种她自己浑然不觉的可怕之处，都被抹得干干净净。我眼中那个平时穿着红色对襟毛衣、牛仔裤和凉鞋，走起路来仿佛踢踏着大地的刚毅女子消失了；那里只有一个像傻瓜一样陶醉在美空云雀的歌中，像《南京的基督》中的妓女一样漂亮的女人；只有一个大概会让以文艺界人士自居的女演员和卓别林那样的名流嗤笑的年轻女子。在一边唱歌一边扭摆的她旁边，我还看见了随着她的形影扭动身子纵情歌唱的涩泽龙彦。涩泽龙彦没有醉成她那个样子，有点附和客人尽兴的意思，所以不如她那么忘我。他那样子就像明治时期戴着金边眼镜，和着小提琴唱写星星、堇菜的诗的“书生演歌师”一样，平日他作为萨德研究专家，时常手持烟

1　日本现代诗人会主办的诗歌奖。1951年由平泽贞二郎出资设立，因平泽姓名的第一个字母为罗马拼音H而得名。

斗的形象也荡然无存了。一对让人感受不到半点文化人派头的男女，边唱边舞。太高雅、太有名流派头的卓别林或那些所谓的知性女演员，如果知道在那里扭来扭去的人就是诗人富冈多惠子和萨德研究专家涩泽龙彦，会是怎样的表情呢？那种景象想想就觉得有趣。

这样的富冈多惠子果然爱读周刊杂志。她在纽约期间也勤读周刊杂志，生怕落在我后面。

以法国女演员为参照，作为同行，日本所谓知性女演员的无聊，就愈发明显。记得战争时期，日本女演员一下子变成了国防妇女会的会员，烹饪服上斜挂着用毛笔写的“××女演员联盟”字样的绶带，吃“日之丸便当”[1]，挥舞太阳旗，迎送出征军人（当然，被迫加入的女演员也有）。在我的脑海中，那些穿烹饪服的女人和直到昨天还在演爱情片的她们完全捏不到一起。第一次世界大战期间，我心爱的那个饰演卡门的演员去野战医院唱《马赛曲》（我在银座偶然找到了那张唱片），她唱的《马赛曲》有点情歌的味道。我相信，她那时不会以一副从军护士的土气样唱歌，她一定是穿着让见不到父母、恋人的士兵获得慰藉、感到喜悦的有魅力的服装。她的歌声让我觉得，也许那时她想像母亲一样亲吻每个士兵，歌声里潜藏着一份不会在战争结束第二天就消失无踪的火热爱国心。

无论碧姬·芭铎还是让娜·莫罗，她们都不在乎自己是否显得知性。不可思议的是，她们虽然没有受过多么好的教育，

1　米饭中央配以红色腌梅子的盒饭。

却没有以与名人交往自夸自傲的幼稚气。她们专心于演艺，彻底享受人生，就那样自然明白了某种道理，从而变得老成。碧姬·芭铎说“我讨厌后悔”。她会真心爱一个人，放手时也干脆利落，然后又投入新的恋情，继续自己的人生之旅。让娜·莫罗则和皮尔·卡丹秘密去希腊旅行，在全是沙石的地方穿着皱巴巴的奢侈货，有点像四处游荡的乞丐；但很明显，在他们入住的希腊海边某所破旅馆的浴室里，她即使没有搽粉，那张脸也是用奢侈化妆品清洁过的。在阿兰·德龙和罗密·施奈德的订婚聚会上，她和让·克劳德·布里亚利一起跳舞，十分忘情。可最近她又突然和一个年轻的意大利导演结婚了（她和意大利青年结婚是好事，不过看二人逛街的快照，她的迷你裙打扮令人失望，因为她的大腿已——不再年轻）。她有接近某个同性恋男子把他从他的美少年情人身边夺走的嗜好，作为她魅力惊人的证明。我这个老太婆如果年轻有魅力的话，那会是我第一最想要做的事。最近，让娜·莫罗和她新片的导演谈了恋爱，被导演夫人（一个大美人）告了。对此，她对记者说：“我演电影时，会和导演之间建立一种心灵的连接，那样可以让电影成功，我认为。”日本女演员说得出这种话吗？（虽然在日本的社会体制下，很难有人说出这种话；但山田五十铃却通过与优秀男性交往，做着类似的实践。）

我读过这么一篇报道：米歇尔·摩根与敌国的男子坠入情网（法国女演员即使长得像女子中学的老师，也不可小觑），她的爱国心受到质疑。当她站在法庭上时，她说：“我忠于祖国法兰西，但我的屁股是国际性的。”在全场的笑声中，她的爱国心被认可了。这是日本女演员无法效仿的。如果山田五十铃被逼急了的话，或许会说出那种话。

有一天在剧场餐厅（当时俄国戏剧来到了日本，剧场上演了《樱桃园》），我看见山田五十铃坐在我旁边的桌前。她穿着颜色又浓又正的有韵味的纯蓝色和服和同色外褂，毫不在意旁人的目光，堂堂正正地拿出小粉盒，拍打抹了白粉微微透出肌肤小麦色的漂亮脸蛋。那样子太棒了，好比织田信长坐在农户家的小凳上，从腰间“印笼”[1]里取出常备药丢入口中。到了这一步，妇女杂志上“在人前使用粉盒违反礼节”之类的怪话，像阳光直射下的草上露珠一样消失了，只剩下“一位大牌女演员”的评价。

有一次，我在电视上看到山田五十铃和中村勘三郎出演歌舞伎电影。中村勘三郎在歌舞伎演员当中也是出类拔萃的人物，山田五十铃和他搭档不仅身段合宜，而且演技相当，全无不协调之感，配合得很自然；这很了不起。日本女演员常会说，某某先生的作品是怎样怎样的感觉，作为我，想要诠释的是这样那样的。很多时候让人不知所云。我不记得有报道写山田五十铃讲过那种话。我既没有看过她拿着募捐箱走在街头的照片，也没看过她和什么小儿麻痹基金会的美国会长的合影，真的。

世间的一切善行，除了被发掘报道出来的那些，多数只会作为一段美谈而告终。“蚁街玛利亚”[2]了不起，前不久照片见报的那个为了给村民求医而和女儿一起走在雪地里的野松义宪

1　江户时期武士系在腰上的小型盒式容器，用于盛放药品。

2　即北原怜子（1929—1958），社会福利活动家，因在“蚁街”（隅田川河畔的废品回收者居住地）从事社会服务活动而得名。

也了不起。（看到他的身姿，我想起了脖子上挂着红十字急救箱走在雪地里的圣伯纳德犬的照片，想起了自己看到照片时那种无可名状的情感。我不是把他和狗儿相提并论，只是想说狗这种动物总让人觉得它有颗非常温暖的心。）近来我会很热心地在广播里、在电视上关注做好事的人、可怜的人（看到可怜的人会忽然眼角发热、鼻子发酸，变成了一种庸俗的人道主义，这令我头痛。腐蚀文坛、电影界、戏剧界等整个社会，激起某类老百姓生理的、动物本能冲动的廉价人道主义，也就是我所说的“伪人道主义”。伪人道主义中也确实有真正的人道主义，伪知性中也有几分真正的知性，但由于它们被涂上了奇怪的花哨色彩，实质就会淹没其中。），才明白世上有像北原怜子、野松义宪那样的人；即使没有电视，我也能通过看照片受到感动，这真是太好了。

如前所述，法国女演员的言谈举止既有趣又洒脱。前不久我看电影杂志，路易·马勒导演拍《江湖女间谍》时的拍摄场景尤其勾起我的兴趣，那是人们痛快恋爱、恋爱方面很成熟的国度——法国才有的拍摄场景。

电影《江湖女间谍》讲述了让娜·莫罗和碧姬·芭铎饰演的卖艺人卷入虚构国家米格尔的一场平民起义似的奇怪革命的故事，外景地在墨西哥。导演路易·马勒是让娜·莫罗以前的情人，让娜·莫罗现在的情人皮尔·卡丹则担当了服装师；不仅如此，他们来到了墨西哥，没事也围在让娜·莫罗身边转（碧姬·芭铎拍电影《真相》的时候，萨米·弗雷围在她身边，吃与她配戏的男演员的醋，导演一怒之下把他逐出了剧组。我们的皮尔·卡丹为人洒脱，不会出那种事。）；碧姬·芭铎就是碧姬·芭铎，还有一个最近的新情人（我要是也有新情人、旧情人和很久前的老情人就好了），也围在她身边转。导演路易·马勒是让娜·莫罗的旧情人，如果碧姬·芭铎的另个旧情人萨米·弗雷加入剧组当个副导演什么的，那洒脱的人儿们就凑齐了，大家会跳起典雅的四人对舞吧。不过萨米·弗雷不大像法国人，因为他和让娜·莫罗的又一个旧情人雅克·夏理尔一个样儿；让娜一爱上别人，他就马上哭丧着脸独自登上酒吧的楼梯，那样子被摄影师拍下来（雅克·夏理尔则精神异常进了医院，好容易才治好）。与让娜·莫罗的情人们的洒脱不同，碧姬·芭铎的情人当中有两个怪人，我认为这是碧姬·芭铎魅力大的缘故。不过让娜·莫罗也不差，皮尔·卡丹完全被她迷住了，和她跑到希腊旅行，眼睛红得厉害，变得空洞洞的。他和她在海边乱走时的样子，仿佛一个漂泊的荷兰人，脸上的表情让人看不出他是欢喜还是绝望。即使说皮尔·卡丹的洒脱是因为他是个大生意人，雅克·夏理尔、萨米·弗雷之流也实在窝囊，不得不说他们是让一般法国人瞧不起的家伙。在墨西哥拍摄外景期间，碧姬·芭铎过生日，五位新老情人聚在一起，杀了附近农家最肥的鸡做成烤鸡，用火腿，刚下的鲜鸡蛋做的奶油点心，从巴黎带来的香肠、烈酒、瓶装矿泉水、美国香烟等，办了一次大型宴会。反观我们日本的导演、女演员，在旅馆住宿时也要男女有别，没正式公开结婚的人不能同屋；比起他们那闪耀着美丽动人而令人莞尔的师生情谊色彩的拍摄现场，碧姬·芭铎的生日会简直就是野兽的宴会。不过我想称赞法国人，他们工作和恋爱都表现出色，光明正大且从容洒脱，这才是真正的“腔调”。

前文净谈女演员了，其实最近知性之风流行，各行业都冒出了许多知性人士。或许是大正时期的爱情至上主义转变成了知性崇拜主义，如今貌似知性的人遍布天下，几乎到达全民知性的地步。战前有人吃小面包、年糕小豆汤，喝咖啡，读《都新闻》《讲谈俱乐部》《紫》（花柳界杂志）；如果去冰饮店，就把手巾叠放在膝头，一屁股坐下来，先用匙子把冰沙敲松，舀起一勺，然后把匙头掉转过来正对自己的嘴巴（不知道为什么会有那种动作），再把冰沙送入口中。如今，那种人就像被风吹散一样消失得无影无踪。有家像豆沙年糕铺一样的店，拿罐装的熬干的红糖水似的液体稀释后当作咖啡出售。就连那家店的老板都晓得井上靖，知道我要看《作家半小时》节目，每次帮我换好频道。那里的老板娘会说“仿佛是种错觉”之类的话，似乎与文学毫无关系的公司职员、以前根本不读书的主妇，如今都谙熟文学。战后，忠君爱国思想、修身课[1]不见了，日本成了文化国家，也或许是因为学校总讲森鸥外、夏目漱石、芥川龙之介、太宰治；总之日本完全变成了遍地文化人的奇怪的文化国家、电气化国家。

前文中提到法国电影拍摄的气氛从容，与之相反的是日本报纸的文艺时评专栏，充满了逼仄感，读起来令人痛苦、难受。就连生性懒散、无论搞文学还是做别的都想着要有趣的我，刚动笔想写正经一点的作品，就担心自己不够端正，然后文字很快就变得生硬，犹如一团乱糟糟的铁丝。我甚至觉得，这莫不是受了文艺时评的死板气氛的影响？至于文艺时评的气

1　日本旧制中小学的道德思想课。

氛为什么呆板，那是因为文艺时评只认可钻牛角尖的正经八百的小说。钻牛角尖的正经八百的小说也好，柔软的情爱小说也罢，都是好坏分明的。我讨厌那种认为钻牛角尖就是深刻，正经八百的小说才显示作者创作倾注了心血的风气。我有种感觉，好像正经八百的就是人道主义。那是一股“所有一切非纯洁、纯粹不可”的情结。可文学的纯洁是什么呢？纯粹到底又是什么呢？反社会似乎行不通，那么“社会”到底又是什么呢？所谓社会，不就是粗制滥造、摇摇晃晃的怪东西吗？它摇摇晃晃的架子下、表面下的东西不就是真东西吗？那是不是说这真东西不纯粹呢？我的“反伪人道主义论”便是由此而发。我以为“human”是“人类”“人”的意思，那么人道就应该是从人类的本性，从真情之中生发出来的东西，否则就无意义，不是吗？我不是说那些优秀的小说家、好小说家也是伪人道主义，也不是说所有文艺评论家都在用那种没完没了的死板来让我窒息。

不过我认为，小说家和评论家中的多数人，都认为小说应该是严肃的，不严肃的就不是小说。严肃若是真正意义上的、深层次的严肃也好，可他们的严肃是像烤好后放凉变硬的年糕一样的嚼不动的严肃，是“人道主义”。写小说的人必须人道主义，必须深沉、严肃、为做一个良善之人而苦恼；必须不断思索，而且必须一再思索严肃的、社会性的、思想性的某种命题，像《恩仇的彼方》[1]中那个和尚要在岩石上凿出洞来一样专心致志地思索。小说家和评论家一般都是如此，所以文坛总

1　日本小说家、剧作家菊池宽（1888—1948）的小说。

有人道主义的堡垒，只有良善之人才能进入的大门紧闭着。堡垒里响着阴郁笛声般的、爬行的蛇腹部与草丛的摩擦声般的人道主义之声——“沙，沙，沙”不绝于耳。文坛和那里边的社会一样，有人道主义的围墙，有不是良善之人就进不去的大门（即使不善良，只要装作善良便能进去）。不知为什么，在我看来，人道主义围墙和只有良善之人、严肃的人才能进去的大门并不气派。那围墙和大门无法让我心生佩服。

接下来是我的“伪人道主义论”。社会、文坛的人道主义之所以不崇高、不能让我服气，说白了，就是因为它庸俗、不大气，显得逼仄。我一进去就憋屈得慌，所以我不会进去，可大家都铆足劲儿往里挤。我说，那就是“伪人道主义”，那个“伪”字是我怒火的表现，有夸张的成分。我不会说文坛的人道主义全是伪人道主义；那里边虽有可疑的东西，但大多数应该还是真货吧；无非是有点庸俗，庸俗得让我想哭（严格说来，只有大气大量的人道主义才算真货，否则就是伪人道主义）。如果是真正的人道主义，我才不会觉得憋闷。能轻松容纳我这号怪人的，才是真正的人道主义。

我小时候坐在父亲这把大椅子上，到了十七岁我结婚了，父亲这把大椅子也仍旧在我身后。过了一年，丈夫去欧洲后，我与父亲痛苦地离别，也动身前往欧洲。那离别的痛苦非同一般，不仅仅因为我喜欢父亲。我一和丈夫订婚，父亲对我的态度就悄悄地变了。就好像一个神经敏感的恋人把脸微微转了开去，那态度上的些许冷淡，连他自己也没有觉察到。我跟父亲说话，父亲仍然微笑应答，跟我订婚前一模一样，但我仍隐约觉得父亲与以前不同。我十分伤心，怀疑父亲不像以前那样爱我了。

我出发那天早上，父亲一言不发，好像生气了似的。在车站，父亲低着头站在人群最后面。列车开动时，我朝父亲看去，他温柔的面庞上露出黯然的微笑，会意似的点了好几下头。我恍然大悟：父亲并没有抛弃我。是我抛下了落寞地揪着和服袖边的可怜的父亲，跑去巴黎找丈夫。我是个冷血的女儿。我哭了，泪水模糊了整个视野。父亲当时得了肾萎缩，知道自己会在我回来前死去，便一直努力让我亲近丈夫；在车站，父亲终于丢掉了他的伪装。

父亲无意让我痛苦，但他的悲伤像一根刺，一根婴儿指甲般的、两三毫米长的玫瑰刺一样的淡红色小刺，从那时起便刺入了我心深处。如今也仍扎在我心上，无论我有了什么样的恋人也无法拔去。在我和那个宠爱我不亚于父亲的男子的快乐时光里，我也隐约感到不安。在丈夫的身后，我感受到父亲宽大的胸膛。而父亲去世后，那种支撑消失了。

当时我闯入欧洲的天地，仍感觉有一把无形的大椅子在身后守护。父亲当初是不顾我公公的反对，给我预订了船票，先斩后奏地硬把我送往欧洲。他那样做不只是为了实现女婿的心愿，也不只是想趁此机会送我去欧洲。父亲一直叫人不要把他病危和去世的消息告诉我，直到我结束欧洲之旅回到日本，才知道那把能够让我安坐的大椅子不在了。

在欧洲，要是谁在咖啡馆的椅子上坐下，那么周围的客人和侍者自然领会，这个人正在青春快乐的，或是人生暮年的一小段时光中休憩。侍者那双把柠檬水、奶油放在桌上的大手也充溢着那份感觉。这类感觉汇集起来，令我感觉整个巴黎、整个欧洲变成了代替父亲存在的大椅子。而回到日本后，到处都在强调“人生、人生”，语言暖人肺腑，社会仿佛非常人性，但哪儿都没有能让我安坐的一席之地。这儿那儿都透出一股寒酸气，让“恃财自傲”的我憋闷得慌，非常难受。

对我来说，文坛原本只是个模模糊糊的概念。我虽未登上文坛，却又是在杂志上发表小说，又是出书；有时也仿佛圈内人士一般，出席文学聚会；于是多少切肤地感受了文坛是怎么回事。文坛不想把我让进它的堡垒（前面提到的人道主义的围墙中），好像我没有人性似的。有两三个编辑（他们也许不会完全理解我的为人，但至少完全理解我写的小说），为数不多的亲切的前辈，偶尔和我见面相谈。那种亲切的同伴式的快乐，是他们内心世界中，也是我的内心世界中的事件，与筑起人道主义围墙的文坛无关。

我十八岁前一直待在父亲身边，只觉得父亲是一把大椅子。（大椅子在现实中是大膝盖。到了十六七岁，我有时还当着未婚夫的面坐在父亲膝上嬉戏。如今想来我也很惊讶，但当时内心仍如同婴孩的我只是要撒娇，又像要故意打消前面提到的那种可悲的疑虑。）在巴黎，丈夫的挚友当中有一个强悍而高大，犹如欧洲高大的神灵和高大的魔鬼的混合体的人，我经常看见那人在丈夫身边。其间我又去了意大利，在罗马的美术馆阴暗的墙壁周围感受到欧洲高大的神灵和与神灵一样高大的魔鬼。魔鬼一直反抗神灵，偷偷地绕到神灵身后，小心翼翼地把用自己的邪恶炼成的东西擦在神灵的衣服下摆上。

如今我不怕欧洲的魔鬼，却莫名地害怕文坛的人道主义。我因此不想进社交场般的文坛。（荻原叶子似乎也怕文坛的人道主义，但她决心要进入文坛。因为她的位置由不得她不进入。）而文坛不会容纳我，似乎也不肯容纳我的小说。

我在欧洲这把大椅子的拥抱中感到欢喜，同时为巴黎这个情人心醉，被长得像巴黎随处可见的司机、银行职员的美男子让·克劳德·布里亚利迷住了。有一天，我看着他和阿兰·德龙依偎在一起的照片，突然进入了一个奇异的世界，觉得他俩比古今东西任何国家风雅的恋人都更漂亮。我欣喜若狂，写了一篇小说。那本小说像电影一样，尽管不怎么严肃，却描绘了一个美丽的爱情世界。然而，文坛只把它当成一般的男同性恋小说；一个陌生的同性恋青年给我寄来了信，信上写着“秋已至”之类的话。（他当真是现代男孩吗？即便是大正、明治时期，除了奇怪的电影小说，现实生活中也没人会这么说话吧。）我那本小说探索的不是人道主义，不是严肃的问题，也不是社会问题，而是从前就有的恋爱心理和情欲；它既不描写现代世相，也不像法国、美国的新小说。

令我头痛的是，如果是描写现代世相的小说，或是像法国、美国新小说的那种小说，即使不严肃、不正统，即使文风很“轻”，也会被认可。如果是重量级小说家所写，即便是反常的情欲，也会被认可，而且会大受好评。我就是不明白，为什么那些重量级人物就能被认可，唯独我的小说就是“不严肃”“没有反映社会现实”“没有写出宗教制度下人们的抵抗和内心的苦闷”，就是这种待遇呢？我是终于鼓起劲儿开始写被几位前辈作家认可的小说，而不是突然就写起了无人尝试过的、污秽不堪的小说。有位评论家喜欢纯洁的人物，因为不对胃口而无法读完我的小说新作。如果——只是如果——那位眼睛容易疲劳的评论家好好睡一觉，趁着醒来心情大好时读我的小说，哪怕每次只读一点，读到最后也一定会发现我的小说非常纯洁。我希望某天他能满足我这个心愿，不急于马上，只要在我死之前就行。

眼光不好的评论家也让我头疼。有个研究法国文学的人写了篇评论，我那篇美化布里亚利和阿兰·德龙爱情的小说令他无法接受。我想那他大概也不喜欢法国的情色文学吧，但我仍有点糊涂，也许他是讨厌所有十九世纪以后的爱情小说吧。在一次聚会上我遇见过他，他十分亲切地和我交谈，那时的他似乎置身文坛之外。后来我想了想，也许是日本社会（文坛只是社会里的小世界）中有一种东西，不只让评论家，还让社会上的每个人都持那种论调吧。室生犀星和三岛由纪夫（这是他们的笔名，所以不用加上“先生”就是敬称）认可我的小说。我不知是走了什么好运，他们竟然在同一本杂志上谈了我的小说。那感觉就像天上亮闪闪的星星落在手中一样令我欢喜。之后我产生了不该有的坏念头：他们这么认可我，文坛会不会更容不下我呢？居然没有上天惩罚的鞭子横空飞来。在室生犀星身边就餐的时候，我想起了那些念头，背上直冒冷汗，却装作若无其事的样子。

令我困扰的是，会判断一个女人是老练还是晚熟的，一般不是浪子就是那种虽不拈花惹草但骨子里有浪子天赋的人，所以女小说家若是写出了“厉害的场面”，就会有些不好判断。

（是女小说家，不是“女流作家”，没有比“女流作家”更讨厌的词了。一说“女流”，就让人联想到平庸而小气的日本画或插花女教师，穿着刻意雅致的怪和服忸怩作态。）“她比淫荡的女人还了解男人，实在不可思议！”写下这句话的是有着一双慧眼的三岛由纪夫。写了那等文章的竟是这么一个人——他带着这种想法，想看懂我。不过他误会我是因为对男同性恋和乱伦感兴趣，所以写了那种东西，那真让我头痛！！别人的好恶我左右不了，如果他能理解我只是想写个美妙的故事，却未能写得很好，那么即使没有称赞，我也不会生气。

整个日本大刮人道主义之风，电影界的人道主义也了不得，整个充斥着人道主义、道德、奉献社会的风尚（人道主义和道德派似乎也多有不同，比如人道主义是在文艺复兴之后出现的。不过我不懂那些，也不知道“道德”一词的拉丁文语源，却竟然在写伪人道主义论。），聋哑人励志片、小儿麻痹症患者励志片一派繁荣。在电视上（广播也一样），人道主义令人窒息。日本国电视台的直播厅似乎纯洁得闪出了道德的光辉；男播音员稍微聊两句女播音员的迷你裙，女播音员就一副纯洁高尚之态，就差没说对方下流。

一个叫芥川也寸志的幼儿园或是小学一年级的孩子让我吃了一惊，他一听到“接吻”这个词，就说：“下流。”然后笑出声来。大概是听了姑姑姨妈或是妈妈那么说的吧，这一代人大概以为电影里也只会出现美丽的恋爱场面，而事实会让他们失望。年轻女演员、歌手、播音员大走纯洁、纯情风。电影界的现实主义和服务社会情怀，还有“妈妈你别死”之类的煽情，已经达到了极致。长门裕之是个好演员，却干劲十足地出演交通事故预防宣传片。（也许他是无偿出场。如果是无偿的话，我也想沾点光，得到一点免费的服务。我这个老太婆很不容易，因为过度劳累导致眼睛上面肿得厉害，却仍坚持写不被人看好的小说。）他虽还年轻，但也不会活一二百岁，所以干吗不多演点有趣的电影呢？

如今，电影也成了一门艺术。所谓艺术，应该能够洞见人性幽微，并让观者或害怕，或共鸣，或觉得有趣，进而让观者真正懂得人性。如果是高尚、伟大的人性，那么不从内面挖掘、堂堂正正地告诉观众什么是“人”的艺术也是不错的。只是，既然打起人性的大旗，就要不得一点庸俗气；必须像都德《苦恼》那样的才行。（我不清楚都德属于道德小说家还是人道主义者，从他晚年那部用诗般的感觉去写自己风湿病痛的日记体作品《苦恼》中，我感受到了一种非凡的美和一个伟大的人的温度。我还酷爱雨果的人道主义小说《悲惨世界》。与冉·阿让一起在公园的珂赛特感到从她面前经过的马吕斯的目光的一瞬间，那段文字真的写出了爱情。冉·阿让带走珂赛特的场面，在法庭上说出自己名字的场面让人感到那里仿佛有个伟大的神。整个故事也很有趣。如果提一点贪心的要求，我认为冉·阿让落魄的经历若能写得更详细、更精彩就好了。）

据说就连一贯喜欢排场、喜欢聚会的美国人，慈善活动也只在私下举办。日本人却邀请厚生大臣出席慈善大会，真是滑稽。如今病猪肉流入整个东京，刚觉得鸡肉可能好点，谁知道鸡肉里却掺了病羊肉。火腿、香肠也不能吃。怎么想都无法认为日本是人住的国家。面对如此可怕的局面，厚生大臣没干出一件大快人心的好事。例如对违章运石子的卡车司机处以巨额罚款或判死刑，用那笔钱给小儿麻痹症患者添几张床位；这样的英明决策厚生大臣做不出也不会做。换作是我，才不要和这种厚生大臣一起搞什么“慈善秀”。

我这个外行写的评论竟也糊弄满了三面报纸。不管怎么说，文章写得这么长，一个人写着写着就有点冒傻气，所以就此收尾。我自认为没有说错什么（因才疏学浅，措辞不当的地方可能有），如果有人读后生了气也无所谓。这可比我在朋友面前拼命瞎扯的那些话要收敛多了，所以变得十分枯燥，遗憾。

真奢侈

真奢侈

现代似乎是一个“伪奢侈时代”。电冰箱、冷气设备、洗衣机自不必说，剃刀、煮米饭的锅、泡红茶的壶全都弄成了带电的，每个房间里都安着电视机，衣服一身几十万日元，汽车是进口的，养的狗是博美或可卡，猫是波斯猫或暹罗猫。然而，这般人家的太太定会在家里的某个地方——比如厨房、橱柜的一角，暴露出她的小气。要问我没进过人家门，怎么敢如此断言呢。那是因为从这些太太在外边走路时的神色，进餐馆后旁若无人的样子，点菜、用餐的举止，从她们大聊自己的身份和奢侈生活，故意让邻桌人听见的做派，从这些细节中，她们骨子里的穷酸气透了出来。家有空调也是好事，让室内温度比户外低上两摄氏度，去除潮气，也不会加重脚气和神经痛。但如果弄得人跟牛肉、火腿似的待在冰箱般的房间里，那简直是疯狂之举。

真奢侈的人并不会意识到自己的奢侈，也想不到要向无法奢侈的人炫耀。伪奢侈的太太们炫耀自己的衣服、当社长的丈夫，向与自己擦肩而过的女人投以倨傲的眼神；这些都散发着穷酸的臭气。更令人头痛的是她们内心深处潜藏着“奢侈是件坏事”的观念。她们装作什么都懂的样子谈论《痴汉艳娃》和墨蔻莉，心底却充满了陈旧的道德。腐坏的散发着恶臭的日本道德，就像晚期癌症肿瘤一样溃烂。认为奢侈是坏事的人不会有真正的奢侈。存着畏首畏尾之心，就算牵着纯种苏格兰牧羊犬，穿着花大价钱购置的套装参加什么宠物狗大赛，也都是白搭。最后所有的奢侈都落花流水，落入尘埃的不外乎一个女人穷酸的心灵，一颗褪色的心。赛场上，裁判、真假有钱人和狗儿成群结队、东跑西窜。那颗心就滚落其中，在风中发出悲声。百货商店里，在奢侈中长大的孩子缠着大人又要了一盘冰激凌，把第二盘冰激凌也舔了个精光。旁边没钱人家的孩子反而装模作样，特意剩下一匙。这种情形也是常有的。

在一户从院门到屋门远得会累着腿的人家，晚上主人坐在起居室里，隔着雨声隐约听见看门人关院门的声音。炉子里烧着从屋后的森林里砍来的木柴，主人领着狗儿出去散步。这位男主人脑海里并不存在“自己拥有一栋大宅，自己生活奢侈”这样的概念。这才是真正的奢侈。

奢侈的太太不会穿着自己最好的衣服去银座、去戏院或去旅行。不会看见别的女人的好衣服就两眼放光。逛银座就是她们的散步，是在自家附近信步的延续。如果穿着受邀时的那种装束去散步，那便是“穷奢侈”了。令人头痛的是现在的商人、侍者、店长之类的人，好像认为只要有钱就行，没有了分辨真奢侈和死命穿金戴银的假奢侈的眼力。或许假奢侈一族对珠光宝气的追求会因此益发变本加厉吧。

奢侈，不是拥有昂贵的物品，而是拥有奢侈的精神。比起躯壳之外的衣服、汽车，里边的人如果没有奢侈的精神，一切也是枉然。戒指之类丢了，或让人偷了，也不会慌张失措，不会捶胸顿足，那才是真的奢侈。真奢侈的人不是装作镇定，而是内心从容才表现淡定（并非因为戒指随便就能再买）。戴着昂贵的戒指，如果把它看得跟性命一般重要，一颗心紧紧攥着的话，就不能显示出奢侈的气质。

简单地说，奢侈就像这样：登门拜访别人时，不用太多，带去几块名店的上等点心（相反是拎满满一大盒次等点心）；夏天买许多不太贵的麻质和服衬领，用一次就扔掉；用上等清酒烹煮当季蔬菜；诸如此类。比起学邻居开着公爵[1]去旅行，在家里吃泡饭嚼腌黄萝卜更奢侈。不必去问茶圣千利休，我都可以断言：比起餐馆里拿食材当玩具弄出奇怪造型或染上颜色的饭菜，泡饭和腌黄萝卜显然更奢侈。要知道，过去的“伊予纹”“八百善”等餐馆都不会那么做菜。有一颗奢侈的心，拿自己的工资轻松购入棉质洋装（买两三件换着穿），这样的姑娘就全无穷酸气，是体体面面的奢侈。

总之，比起坐在竖着丑陋荧光灯的院子里的心灵贫穷的少女，把便宜的鲜花大把插在花瓶里欣赏的少女才是真奢侈的人。

---

1 NISSAN Cedric，日产轿车当年的一款高端车型，早已停产。——编注

日语与法语

昭和二十年八月，日本迎来了战败的悲惨结局。当时日本在军事、政治方面不得不唯美国马首是瞻，这也是意料之中的事情。不过我认为，日本不妨在教育方面再强硬一点。

过去在歌舞伎剧场等地方，人们把某某演员休演之类的消息写在一张长长的纸上，把那张纸从幕布上方垂下来，以此来通知客人。就是那种感觉，民主主义也从天而降，垂落到日本人眼前，轻轻摇荡。理解民主主义的人在战前就有民主主义思想，而第一次看见什么“民主主义”的人并不清楚它为何物。年轻人大多把民主主义理解成自由，做什么都行的主义，不分青红皂白地抗议。

政府机关似乎从前就是琢磨些无聊问题的地方，在明治时期也推出了将旧假名改成新假名的方案。然而，那时有个绝对不愿意破坏日语传统的军医森鸥外，他粉碎了那个提案。

他吟诵《百人一首》时，将“このたび”念作“こぬたび”(ko nu ta bi)，吟什么：“今朝远旅去天边，未带路神受祭钱。满山红叶美如锦，即做厚礼献神前。”[1] 又将：“待ちいづる”吟成“待ちいでつる”。他在文章中写字典上都没有、笔画超过

1　译文参考刘德润《小仓百人一首——日本古典和歌赏析》。本篇中和歌译文均引用自此书。

二十画、除了自己和汉学家桂五十郎和吉田增藏，谁也不会读的字。过上五六页后又用别的繁难字形写那个字（这就有点孩子般的自鸣得意）。他是个一看见错字就会生气地说“错别字、错别字”的日语狂。他曾经出席一场准备为新假名提案定案的会议，在会上发表长篇大论，最终将新假名用法方案送进了坟墓。当时有位大臣给他这个日语狂撑腰，那天他正要进入会场，那大臣来了，怂恿他好好干。

日语狂森鸥外和给他撑腰的大臣在世时还好，只是日本战败后不久，新假名方案又复活了。当时福田恒存、舟桥圣一等文学家发表了反对意见，但大臣们都一致赞成新假名。

于是，“ちやうちん”变成了“ちょうちん”（灯笼），“らふそく”变成了“ろうそく”（蜡烛），“てふてふ”变成了“ちょうちょう”（蝴蝶）。“蝴蝶”一词写作“てふてふ”，就有那轻轻振翅、翩翩飞舞的蝴蝶的感觉；写作“ちょうちょう”，蝴蝶就会像在地上缓缓爬行的虫子，像蛔虫一样。“こひすてふ”写作“こいすちょう”，完全没有了妙龄女子的感觉。“处女”一词写作“をとめ”，让人看到一个漂亮的姑娘；写作“おとめ”，则像某个女佣或老太婆的名字。

日本战败后，日本人莫名其妙地信奉民主主义，减少美丽的汉字，在学校里教孩子战前常有的讨厌的简化字——当用汉字。那或许是美国人的指示，即使不是，美国人至少是很赞成的。理解（？）川端康成的小说并将其“移植”成英文的赛登施蒂克等奇怪的美国人姑且不论，当时进驻日本的美国人一定赞成日语简单化。

我为什么赞成使用旧假名而不赞成“てふてふ”变成“ち

ょうちょう"，只是因为美丽的事物会因此变得不美丽。况且我喜欢汉字，感觉极复杂的多笔画汉字魅力无穷。弗朗索瓦丝·罗珊来日本时说"我想见识日本孩子怎么记住那美丽的汉字"，参观了番町小学校。看到报纸上的那则报道，我颇受感动。

在日语中，从中国来的汉字的美丽和在日本产生的平假名的娇柔令人感动。与此相似，法语中所有名词都分阳性、阴性，这很奇妙。阳性名词和阴性名词分别带冠词"le"和"la"，这是法语美的一个要素。

日语和歌语言优美，比如"こひすてふ、わがはまだきたちにけり、ひとしれずこそ思ひそめしか"（春闺初慕恋，但愿避人言。谁料蜚语快，风闻满世间）。法语很奇妙，即使"海"是阴性、"山"是阳性、"花"是阴性、"树"是阳性能让我明白，我也不明白为什么"椅子"是阴性、"长凳"是阳性、"餐刀"是阳性、"叉子"是阴性；Jean、Leo等男子名是单数，Jacques、Louis、Charles等则既是单数又是复数，奇妙中有一份复杂无解的趣味、美丽，让人快乐。为什么"てふてふ"变成"ちょうちょう"就不美了呢？比起"Give me tea"，像"Donnez-moi le thé"这样在"红茶"（thé）前冠以"le"的做法总让人觉得美丽优雅，这是为什么呢？这令我百思不得其解。

我只是觉得，试想日语在我出生前已经改为新式假名表记，而在我出生后又恢复成优雅的旧式假名表记，"ちょうちょう"变成了"てふてふ"，"憂い"（忧虑）变成了"憂ひ"，"こいすちょう"变成了"こひすてふ"，我仍会感觉旧式假名

用法漂亮。因此，我认为旧假名好，绝非习惯使然。

无论如何，我可以确切地说，当用汉字论者、新假名论者所说的汉字、旧假名对孩子来说太难的理由纯属胡扯。过去大部分孩子都能很好地学会那些知识，掌握漂亮的汉字、假名用法，由此在无意中也具备了优雅的举止、温和的思考方式。不客气地说，这份经历的缺失与现在武斗派学生的头脑简单不能说毫无关联。国语改革论者不懂这个道理，这只能证明他们感觉迟钝，对美好事物的感受力为零，此外无他。

爱欲、“魔”与玫瑰

核桃、柠檬，外形漂亮喜人，气味芳香。它们的名字，用汉字写漂亮，用假名写也漂亮。同样，玫瑰、堇菜模样美丽，香气宜人，颜色漂亮，用汉字写也好看。而且，玫瑰和堇菜，吃起来还很可口。巴黎埃菲尔铁塔旁卖点心和水果的商店角落里，有裹着砂糖的玫瑰和堇菜花瓣制成的小干点心。所以我了解了玫瑰和堇菜也是美味之物。

前不久，我试着吃了一朵深红色的桃花。由于是生吃，并不特别可口，但它有很好的香气。它有儿时大人经常给我喝的杏仁药水的香气和味道，那是种记忆的香气。那天萩原朔美的未婚妻给我带来的节日点心上，别着一根大约三厘米长的，开着一朵深粉色桃花的枝条。我想起了用玫瑰、堇菜做的糖果，便试着吃了那朵桃花。如果她知道了我吧嗒吧嗒三两口就吃掉了她随礼物一起送的花儿，她也许会觉得我像个老妖婆，或是雪白公主的继母吧。（父母给我讲故事时，总把白雪公主说成“雪白公主”。不知为什么“白雪”一词我不喜欢。父亲或许和我一样。不过当时日俄战争刚结束不久，《白雪公主》之类的日文童话书还没有出版，所以父亲并非抵触“白雪”而故意把它说成“雪白”。唯独这点是可以肯定的。德语原文是怎么说的呢？）我收下桃花时，嘴上赞美说什么“呀，真漂亮”。送花的人一走，我就把桃花丢进嘴里嚼碎，陶醉地想：啊，这是药水的香气，是杏仁的味道。这是个可怕的故事，却是我个人独特的雅趣。

有一天在轻井泽的武满彻家，武满夫人端上来的一种中式水果宾治上面，浮着又白又小、像牛奶蛋羹一样的三角块。三角块也是杏仁味的，让我想起了儿时喝药水用过的杯子，还有当时那个六铺席的房间——傍晚轻烟似的暗影从庭院，从房间的每个角落，从天花板上蔓延开来。啊，玫瑰的味道！堇菜的味道！杏仁的香气！如今我也记得那时候的黄昏：那个用肥皂和温水洗过却仍像春日天空一般朦胧的杯子的手感，杏仁的味道和香气，银针刺入用凉凉的酒精擦过的皮肤的痛感，用加糖浆的麦茶冲服的、味道像葛粉的药粉，犹如融化在黄昏中的意大利大公夫人的母亲，母亲那有力的、轮廓分明的苍白的手，蛋黄粥和银匙。在这些包裹着锐利回忆的甜甜烟霭中，我感觉到一种爱欲，那爱欲中有“魔”。比起我以前小说里的卧室场景，这更有爱欲色彩。我把那份爱欲写进了如今正在执笔的小说里。我想，以后如果再写幼女，一定要更加写出这种爱欲的味道来。

玫瑰的香气不及堇菜，却像温柔天真的稚嫩少女，深处潜伏着一股似是慵懒，又似魅惑的，不由分说地闯入闻花者感官的，甜美而又危险的香气。那是犹如能够不经意间俘虏男人的少女一般的香气。玫瑰也是一种“魔”。

用玫瑰、堇菜做的砂糖点心。深红色桃花轻微的苦味。玫瑰花柔和甜美的香气中，放花的桌子上有一只半透明的玻璃杯。白色的，像瓢虫那样的深红色的，黄雏菊那样的淡黄色的药片。装药片的玻璃瓶，被药粉弄得白蒙蒙的银匙四处散放。我一边看着桌上情景，一边喝苦艾酒（初夏的话就喝啤酒）、吸烟，那时我会感受到爱欲。那似乎是我儿时无意识中感受到的爱欲。而当今时代却几乎令我毛骨悚然，甚至仿佛提起“爱欲”就是那种把自己打扮得好像中年妇女或妓女似的年轻女孩、真正的中年妇女、瞎讲究的矫情男人，这类人之间纠缠的私情。我儿子的恋人长得像过去上等巧克力盒盖上的油画少女，只是眼睛下面的高颧骨显得脸有点肿，阻碍了她成为一个大美人。有一天，她带来了一小瓶刚从玫瑰花中提取，还没有添加矿物质的纯天然玫瑰香水。为了闻那仿佛打开瓶塞就会一下子跑掉的宝贵的香气，我只开了一次瓶塞。即使没有香气，只要那个小瓶子在屋里我就高兴。那天她把那个瓶子留在了我屋里，说好下次过来时才带走。

玫瑰是甜甜的柔柔的“魔”。即使落入爱情惨剧后的血泊中，它也适得其所。

艺术品与我

我和艺术品不大有缘。不知为什么，一提起艺术品我脑中就反应它是一种昂贵的东西，觉得跟自己没什么关系。我家也没有什么称得上“艺术品”的贵重东西。我的父亲森鸥外，靠做军医、博物馆官员等工作的月薪，再加上写小说、评论等的稿酬，收入也没有多少，况且他也没有购买贵东西的嗜好。家里的花瓶、挂轴也是别人送的，或是写给他的。

我记得木下杢太郎[1]来我家给我们画的钟馗：几乎一人高的绢布上，人物墨气淋漓。线条并不是饱蘸浓墨的那种，多有枯干飞白之处，但那真是一幅气势雄浑的画。我在一旁看他作画，他肩膀和手臂都在用力、将全身的力量抑或心魂投向画绢；或许是他倾注了太多的热血，钟馗的身子向左倾斜。那紧握菱形尖头宝剑的右手为什么会显得那么有力呢？钟馗相貌堂堂，衣服被涂成了浅绿色，肚子上系着带子，带子正中装饰的小鬼的脸被涂成了红色。与其说画中跃动着现在许多青年所缺失的男子汉的力量，不如说木下杢太郎本人的精神、灵魂活生生地跃动在画中。而那也以一股强劲的力量，感染了当时还是少女的我。

1　木下杢太郎（1885—1945）：日本医学家、诗人、散文家、剧作家。

长原孝太郎[1]在一个夏天的傍晚身着单衣出现在我家，临走前把两把团扇放在父亲面前。那两把团扇也很好，不是那时厨房里的方形柿漆团扇，而是人们在客厅用的特大的圆形柿漆团扇。其中一把用白色和暗绿色画出大朵葫芦花，上方依稀可见银色的大月亮。另一把用掺贝壳粉的颜料画着两朵桦木色的剪夏罗，花下用银色描着露芝纹[2]。那些色彩与雅致的茶色扇面十分相称，有一种无可名状的美。葫芦花和剪夏罗都是我家花圃里的花。长原这个人浑身有股强劲、雄浑的男子汉的力量，而那些画却淡雅地表达着他与父亲的友情。

寺崎广业[3]送给父亲的那幅挂轴上画着白牡丹，烟熏带茶色的画绢上，用贝壳粉颜料一气绘成的牡丹花瓣薄薄的，让我感受到花瓣鲜活的厚度。那份感觉妙不可言。

这些画如果全部卖掉，大概会卖个高价，但它们是用友情画出来的，不是所谓买来的艺术品。不过，画家等人呕心沥血画的画也会经画商之手卖掉，有钱人花钱买画是普遍现象。买主中也有毫无爱画之心的人，现状如此。但用钱买卖，画作变成了所谓的艺术品，我觉得是一件憾事。

我小时候在千叶房州的别墅（只有两间屋的小房子）等一些地方喝过粗茶。用的陶壶是淡黄色的，上面用淡墨和浅绿画着简单的画。现在人管那叫“益子烧”[4]，视之为贵重器皿，而那实际上是非常朴素的、令人感觉亲切的、适合平日在家喝茶

1　长原孝太郎（1864—1930）：日本西洋画家。

2　中央画长弧线（芝）、周围画小点（露）的花纹。

3　寺崎广业（1866—1919）：日本画家，擅长山水画。

4　枥木县芳贺郡益子町出产的陶器。

用的器皿。我将“益子烧”视为有亲切感的茶具，如今也会怀念用它喝茶的情景。可当我看到它被奉为珍宝，看到制作它的人被尊为非物质文化遗产传承人，看到制作它的地方被拍摄上电视，我就感觉它的亲切、质朴遭到了破坏。将朴实的陶艺匠人封为非物质文化遗产传承人、高价买卖画家的画，很难不让人感觉，那是将艺术品与名誉和金钱挂钩的行为。

演奏会的回忆

在长居巴黎、周游西欧的时候，我曾经在柏林度过一个夏天。其间邂逅了一场美妙的演奏会。

那是弗里茨·克莱斯勒的个人演奏会，那间屋子却像乡下破败的学校，屋里有个讲台似的地方，听众甚至还不到三十人。无论地板还是演奏台，木板都起了毛。过了一会儿，弗里茨·克莱斯勒大大方方地走过来，轻轻行了个礼后开始演奏，而他触发的第一个音符就让我惊呆了。

那是忽然间从宇宙的宁静中迸出的音色，犹如黄昏时分，薄暮中悄然吹来的轻风。那声音宁静、澄澈，蕴含着一股力量，无论多么狂暴的人此时都会安静下来，就是那样的声音。整场演奏当然很妙，但那迸发的音色更是无法用语言形容，至今还留在我的耳畔。弗里茨·克莱斯勒是安静的，听音乐的人们，也是安静的。我见过这种事：一个在歌舞伎剧场的走廊里用粗话议论演员的姑娘，听说今天有外国的音乐演奏会，便装得一本正经，仿佛换了个人似的。而那天的安静不是那种装模作样的安静。那是宇宙的宁静，是悬浮着地球、月亮、太阳和群星的，沉默的宇宙之夜的寂静。亚莎·海菲兹也不错，仿佛在小提琴那边跳舞的米夏·艾尔曼也令人叫绝，但我最忘不了的还是弗里茨·克莱斯勒最初的音符。

战争期间，我在雪国过了三年，在东京时也感受过的雪落簌簌，那时听得更是分明。雪花落在厚厚积雪上那寂然的声音、雨声、风声，如今我不再去听；木屐走在木桥上的声音，撒豆子般打在蛇目伞[1]上的大粒的雨珠，密密麻麻洒下的骤雨，吹枯万木的风声，Tous sont musique！一切都是音乐。

就在前不久，电视台每周播出《奥逊·威尔斯剧场》节目，奥逊·威尔斯在电视剧开播前对电视剧做一番介绍，那时他说了句大意是“一切都是音乐”的话。我还在哪里读到过：有孩子给雨滴的声音谱上曲来唱歌。

音乐是无处不在的快乐。在我长年累月听到的音乐中，最妙的音乐是弗里茨·克莱斯勒的小提琴拉出的最初的乐音，还有我在雪国听到的落雪堆积的寂然之音。

---

1 涂一圈白边的深蓝色纸伞。

葡萄酒

说起战争末期我被疏散到福岛县喜多方的时候，那是我这个什么事都做不好的人历尽艰难困苦的一段时期。那时在那个城市大街（还没有我在代泽的住所前面的街道宽）上有家旧书店，那里的老板娘用喜多方的野葡萄酿的葡萄酒款待过我。

在巴黎的餐馆，我向手持酒单的侍酒师点伊甘庄园白葡萄酒、拉菲红酒或略知一二的葡萄酒（葡萄大丰收那年——我忘了是在哪一年——的葡萄酒我就不知道了）；比起那些葡萄酒，喜多方当地酿造的朴素的葡萄酒更好，就像法国乡下人家出产的当地葡萄酒。别人送给我的野葡萄酒也很好。

我没有在巴黎久待，也没有喝上等的葡萄酒，所以都忘了波尔多葡萄丰收是在一九几几年。而在日本，特别是在并非很有名的西餐馆，若是点了伊甘庄园白葡萄酒、拉菲红酒，那是会出丑的事。所以我只点唯一记得的圣爱美隆葡萄酒，一直傻乎乎地只喝它。

梅多克葡萄酒似乎极其一般，而我在婆家时的一个夏天，有一次我听说千叶县一宫町那边别墅的小酒馆酒窖里有一瓶梅多克葡萄酒，便欣喜地把酒买回来；当晚吃晚饭时，大家一起对饮。那瓶酒，似乎是别墅从某处购进的一批梅多克葡萄酒中剩下的一瓶。

说实话，我对葡萄酒是无知的。因为在巴黎的那一年里，我没有喝遍每种葡萄酒，也没有热心地尝试各种葡萄酒的味道。不管怎样，我当时才十几岁，根本不懂什么品酒。

至于拉菲红酒和伊甘庄园白葡萄酒，我有一段有趣的回忆。狂欢节那天买拉菲红酒和伊甘庄园白葡萄酒的时候，我托房东杜佛把酒买回来，买酒钱则由我丈夫和他的前辈辰野隆出。杜佛先是去辰野隆那里，告诉他其中一瓶酒比另一瓶酒贵十法郎，问他出哪瓶的钱。然后又来到我丈夫那里，问了相同的问题。辰野隆和我丈夫都说自己出贵的那瓶酒钱。杜佛先生佯装不知，把多出来的钱装进了自己的口袋。

巴黎人只要有机会就狡猾钻营（用江户时代的话说就是“揩油”），他们不会忘记占点小便宜。我们两三人约某个巴黎人去附近的餐馆吃晚餐，对方会欢喜得笑容满面，那与其说是出于对我们友谊的欢喜，倒不如说是窃喜“这下省了一顿饭钱”的成分更大。吃饭的时候，请他们看电影的时候，在电影院的时候，在往返的路上，巴黎人会献上温柔至极的奉承话和讨好的笑容。他们自己出钱时极端谨慎，收钱时却连客气都不客气一下。

中国人似乎也有那种倾向。我也不是穷人家长大的孩子，不会做太失礼的事情。但在一般情况下，别人送的东西我全都会欢天喜地地收下；虽然我会假装客气，但一假装脸上就露出笑意，这总是让我为难。给别人东西的时候，心里总是有隐秘的抵触情绪。母亲看穿了我的心思，总说“茉莉像中国人的小孩”。有一天，我让妹妹帮忙收拾房间，并且做了个约定：如果她帮我的忙，我就把房间里的一件东西给她。可每件东西我都舍不得，最后我什么都没有给。据说，就连把我宠在蜜糖罐里的父亲，听妹妹说那件事后也还是为难，叫来母亲说要她管管我。

话题跑远了，且让我把话题拉回到巴黎的葡萄酒。我在巴黎待了小一年，学会了巴黎人的习惯，喜欢在吃饭的时候用红葡萄酒兑上等量的水，稀释后再喝；如今去西餐馆，我也会用水稀释桌上的红酒，一边喝酒一边进餐，暗自感叹自己还能像巴黎时代一样，在美妙感觉中进餐。不过，如果是跟那些会为无聊的事而在意他人目光的日本绅士淑女同桌而坐，我这种进餐习惯就有点麻烦了呢。

与谢野晶子

如果我写“与谢野晶子与我”，那就好像把自己和与谢野晶子相提并论似的，那样是不对的。另外，文学家、演员等艺术家本人的名字就是敬称，所以我不给他们加“先生”之类的敬称。（“艺术家”是多么令人讨厌的词儿啊。说起“艺术家”，我的脑海里就会浮现出咖啡馆角落里的怪男人，一边用手撩起额前的长发，一边故作深沉地睁大空洞无神的眼睛盯着别处。可是没有别的词可以替换。十九世纪初和那以前，“艺术家”尤其是外国的“艺术家”经常一脸严肃地凝视某处，用苍白的手撑着额头。他们的眼睛里充满了奕奕神采，那是很不错的。只可惜那动作也沦为了令人讨厌的风尚。据说夏尔·波德莱尔有一次在咖啡馆搭讪女子，对方被他可怕的样子吓跑，他目送女子背影，说：“和我玩可有意思了……真是个笨女人。”我如果是那个女子大概也会跑掉，不是因为他的眼神可怕，而是因为他“艺术家”的表情让我讨厌。我的话题一旦跑偏就拉不回来了，所以还是就此打住。）由于室生犀星给《妇人杂志》写的那篇文章，文学杂志以外的杂志也慢慢开始向我约稿。那时犀星给我寄了一张明信片，里面写：“最近杂志社很烦人，老是‘茉莉、茉莉’问个没完。不过烦也是好事。”犀星还让新潮社的人找我以“室生犀星其人”为题写一篇文章。当时我写道:“室生犀星腰悬宝刀，独自顶着风站在文学世界的广袤原野上。”我直呼犀星之名，就是因为刚才讲的那个理由。如果我写“当初××先生热情地迎接我”，文字本身就显得小气，而犀星会显得更小气。事后犀星把我那篇文章拿出来让来客读，说:“森茉莉在文中直呼我名，一开始就到了这样的境界，了不起。”

犀星的文字和吉田健一的文字一样，不好懂，费脑筋，而且犀星难懂的文字正是他小说的魅力所在（犀星平时说话并不难懂，但一写小说，修辞就复杂了起来）。犀星的那番话似乎是在夸我，意思大概是说：我虽还是个新人，行文中却带着文学家的自负。不管怎样，这两位作家那不大好懂的文字比那些太过好懂的文字要有趣，正适合用来书写这个并非事事明晰的世间之物。犀星那犹如盘曲恶蛇一般的表达方式好得没法说，若是不像恶蛇那就不是他的文字了。

总之，与谢野晶子在文学家中，是一个绝对不该加“先生”称谓的了不起的伟大的歌人。说句实在话，“永井荷风先生”“市川团十郎先生”之类的叫法简直不成体统。

在很久以前，明治的日子里，在我父亲那间十烛[1]灯泡的黄色光芒洒向外面走廊的房间里，与谢野晶子发出的沉静笑声，混杂在她丈夫与谢野宽还有我父亲的声音里。她的笑声沉静，却优美、从容、大气。只可惜，我不记得她来我家玩的情景。那时有客人来家里，我总会出来。开饭的时候，我的食案

1　旧时亮度单位。

也会端上来。她来我家的时候，我大概是感冒了躺在床上睡觉，或是去附近的寺庙了吧。我不可能在她来我家时外出，因为我出门一定是和父亲或母亲一起，重要的客人不会在那时候来。

有一天她走后，母亲把她送我的礼物拿给我看。那是她从巴黎带回来的。皮包模样的小箱里放着一个穿白色睡衣的洋娃娃，还有娃娃的三件洋装、一件外套、两顶帽子和鞋袜等。里边我特别喜欢玫瑰色缎子的冬季正装，月白色的薄纱夏季正装，还有白蕾丝领子的栗褐色天鹅绒大衣。还有一次她去京都，带给我两张高级和纸印制的锦绘。一张是在深红色的底子上，斜飞着银色的雨丝，中间点缀着浓绿色的大槲树叶；另一张是浅桃色的底，上面开满了花蕊轻泛浅绿的白色樱花；美得让人惊讶。我请母亲帮我把这两张大幅锦绘保管在她衣柜的抽屉里，每次有小朋友来，我就拿出来显摆。十七岁结婚时，我在榛原买了两张与它相似的大幅锦绘，把它们放在小柜子里。其中一张锦绘，白色底子上点缀着淡紫色的箭翎纹，星点梅花散落其间；另一张是青瓷底色上绘着带雪轮纹的红色友禅染。

与谢野晶子没有写过小说，但《源氏物语》的现代文译本就像她写的小说。她翻译的《源氏物语》离不开她如大海般大气的人格和优美的文风，同时她新鲜的进取心在译文中升华。如果没有《源氏物语》原著，她翻译的《源氏物语》就像她的小说。在我看来那就是“晶子式部”的作品。无论诗还是《源氏物语》的翻译，她的文字都有鹏翔九霄的大气美。她的译文将原著变成了活生生的现代文，毫无不自然之处。

记得《源氏物语》中有一段，源氏从帘子外面看见某位小姐在屋里的场景，她的译文是这样的："屋里好像有位美人，风儿把那帘子掀起……"（前半句我记不大清，与她的原文有出入）。可见她把《源氏物语》译成现代文是多么自然洒脱。《源氏物语》原文我只知道开头部分，我也了解那份奇怪的感觉。她翻译起来文字柔软，毫不生硬，与紫式部的文字又不一样，看上去就像现代的"晶子式部"写的《源氏物语》。总之我相信，与谢野晶子那种像王朝时代的歌人一样大气、高贵的人格给她的译文增添了芬芳。

给与谢野晶子翻译的《源氏物语》增添光彩的还有她的气概，那份无所畏惧的胆识。她的气概、胆识虽然不是我文章的主题，却在她翻译《源氏物语》时起到了作用，让人感觉她在翻译过程中把自己与紫式部等量齐观。其实如果她是平安时期的女歌人，紫式部一定会逊她一筹。

大概，与谢野晶子是这样的人，在法国女子式的温柔中潜藏着坚强的毅力和强大的理智。还有，她虽然是明治时期的人，却有一种叩动当代年轻人心弦的新鲜感。

最近，我想好好读一读与谢野晶子翻译的《源氏物语》。（我没有耐性，所以阅读力也弱；除了写自己的怪小说，还有吃东西的时候，我几乎像蛇一样无所事事。至于读《源氏物语》，我大概只是想想而已，最终不了了之。）我母亲以前有一本晶子译的《源氏物语》，那精美大开本的《源氏物语》在战火中消失了。至于文库本的晶子版《源氏物语》，我没有心情读。而且我觉得在哪里读她翻译的《源氏物语》也有讲究，在图书馆布满灰尘的桌子上读不行，在堆放着杂志、书籍、糖罐和各种破烂的狭窄破公寓里读也不行。

与谢野晶子翻译《源氏物语》的时候，我父亲在千驮木町的住所像《源氏物语》插图里小姐的房间一样，就差房子没用屏风隔开，安静、宽敞。

不过实际上，我母亲在六铺席的房间里睡午觉时，还是经常竖起二折的小屏风的。在歌舞伎剧《伽罗先代萩》中的那个烧饭的场面，政冈用煮茶的小锅来煮洗净的大米时，围着一架很有品位的小屏风。银色底子上画着积着白雪的紫金牛，花下有两三只麻雀。只有母亲午睡时围屏风，我和父亲都是一骨碌躺下就睡。大体上，躺下打个盹类似于我家的家族嗜好，夏天的午后大家都要躺一躺。宽敞的房屋被中间宽敞的走廊一分为二，祖母和兄长住在最南边，祖母也经常躺着。

《源氏物语》中的公子、更衣[1]、小姐似乎也经常优雅地横躺下来，谓之“和衣而卧”。盘腿算男人们的端坐姿势，天皇也会盘腿而坐。书中插图上画着人们优雅而随意地或坐或卧的样子。母亲当时爱读《源氏物语》，总是把“宽松垂坠的衣服才好呢”“艳而不妖（娇媚而淡雅）的女人才好呢”之类的话挂在嘴边。

在那样的家里才宜读《源氏物语》。里头六铺大的房间平时收拾得一尘不染，屋里静静地放着为数不多的几件家具，父亲在里边读书、小憩。夏天，凉风从西边木石错落的院子，吹到东边花团锦簇的院子，穿过葱茏树丛的绿海吹进父亲的房间。暴雨似的蝉声响彻枫树、梧桐的枝头，声音像笼子一样包围了整个宅子。在那个清爽的房间的榻榻米上摊放着与谢野晶

---

1 日本古代妃嫔称号。

子译的《源氏物语》，书页兀自被风儿翻动。我家虽说宽敞，但跟那时皇族、华族[1]的住宅没法比。或许是因为我那时身子小，又或许是因为如今我是待在公寓楼的一室中回想，记忆中的老家似乎非常宽敞。

第一次世界大战时，战争是在远方进行，后方的生活没有像第二次世界大战那样，受到可怕的影响，世间很平静。

晚春，院子里的重瓣山茶花谢了，给又黑又柔的春土盖上一层淡红。夏日，向天空伸展枝叶的梧桐、垂下累累花团的八仙花，都很美。秋季，澄黄的银杏叶像金色的鸟儿一样飞舞，给大门前的路石盖上一层温暖的黄色。冬天，一团白色的寒气笼罩庭院，夜晚的拉窗被灯光染成红色。四季更迭，周而复始。

在现代人看来，那差不多是一个要用“悠久”来形容的世界了。回廊檐下吊着灯笼，火光映在湖面的石山寺——紫式部写作《源氏物语》时的世界，大概更为宁静。适合翻译、阅读《源氏物语》的氛围，仅存在于大正时期，至多到昭和初期，我这样感觉。我深以为，母亲在不错的时代，在适宜的环境中读了《源氏物语》。

那时候，我在读女子中学一年级。我从小就觉得母亲美，曾经把母亲画到图画纸上并涂上颜色，把画带到学校。那时母亲穿着深棕色的方格大岛绸和服和黑色外褂，梳着丸髻[2]，发髻根处戴着草绿色的饰带。如今回想起来，母亲那张画像上的姿

1　华族，日本明治维新时期形成的新贵族阶层，1947年废除。

2　日本旧时已婚妇女梳的椭圆形稍平的发髻。

势有点怪：虽是端正地跪坐着，但她的小腿向两侧打开，臀部坐在两脚之间的地板上。

前文也说过，我们家的人在家里经常横躺竖卧，您或许以为我母亲私下里坐姿稍稍放松也并不奇怪。但其实，母亲虽然会优雅地躺着午睡，却不曾有过那张画中的坐姿。母亲生下妹妹后得了肾病，一直喊身子没劲儿。她在外面端庄得像画中的明治贵妇，到家很快就会松散地歪坐在地板上。那时只有做不正经营生的女人才会有那种坐姿。我的老师只见过来校时的母亲，看到那张画，或许吃了一惊吧。

因为与谢野晶子翻译的《源氏物语》（我非常讨厌“谷崎源氏”“圆地源氏”[1]这种叫法，也讨厌说“谷崎文学”“川端文学”。不知何时、不知是谁提出的这套表达方式已经完全固定了，它大行其道，仿佛人们以前就那么说似的。而我想把它和“文学化”“科学化”这种讨厌的表达一起消灭。一听人说“谷崎源氏”，我就不想再读了；一想到别人使用“文学化”这个表达，我就讨厌写小说。这些词多讨厌啊。）是我美丽的母亲热衷读的书，我便上了心，读了读它。母亲也有紫式部版的《源氏物语》，我也看了一下。发黄的和纸上用墨汁写着我完全看不懂的草体字。母亲经常低吟《源氏物语》的精彩开头，我一直记得：“话说从前某一朝天皇时代，后宫妃嫔甚多，其中有一更衣……”与谢野晶子翻译的《源氏物语》书上——大概是封面上——画着香图[2]，其间散落着红叶等物，很漂亮。我把

1　谷崎润一郎、圆地文子翻译的《源氏物语》。

2　一种由横竖线组合而成的纹样，应用于传统装饰或闻香辨味游戏中。——编注

它画到图画纸上并涂上颜色，把那张画贴在暑假作业中那个描绘各县地图并装订好的本子上做封面。父亲在那张画下面加上“ATELAS”一词，也是用彩笔写的，好像是“地理”的希腊文单词或拉丁文拼写。

我不大懂和歌，作为一个外行人，我这样想：

和歌与小说不同，它固守旧形式不变（不知为什么和歌字数固定，这是一方面原因；而外国诗歌，即便是古典诗，只要押韵就没有严格的字数限制），若没有十足的新意，就会变成无聊的老调。不过，与谢野晶子的诗歌本身就是新意的代名词。要让人感到新鲜、水灵，让人感受到魅力——不只是严格受字数限制、没有魅力老气横秋的和歌需要如此，一切艺术都需要如此。

读与谢野晶子的诗、《源氏物语》译文，我被吸引着，感受到一股不断增长的清新。仿佛盛夏布满尘埃的萎蔫花草树叶，被一阵骤雨冲洗后重新焕发生机、进入视野似的。（“进入视野”是室生犀星独特的表达，着实准确而有魅力。所以，尽管我一直认为使用别人的修辞会伤害我的自尊心，但发现了犀星的这种表达后，我就不爱用别的表达方式了。我在心里跟犀星打招呼，求他批准我在小说中一直使用“进入视野”。）那是英语“juicy”的感觉，是汁液充足的小树的感觉。

等到我长大，有意识地观察与谢野晶子的时候，她已经快五十岁了。而她的心灵充满了“树汁”。诗人北原白秋也是充满心灵“树汁”的人。我认为他们俩都是天才。

我十二三岁时出版的与谢野晶子诗集中有一本《乱发》评价很高。（这个“发”字，我记不清写的是汉字还是假名。好的歌人、诗人、小说家等人对汉字和假名的用法十分敏感，如果我在这篇文章中弄错了，与谢野晶子的在天之灵恐怕会生气。如有冒犯还请原谅。）那本诗集的同名主题诗非常棒，以至于用“棒”来形容都不够。它是这样写的：满头乌发长 / 青丝万缕披肩上 / 蓬乱无模样 / 好一似纷乱心潮 / 千头万绪无主张。她送给我父亲的那本和歌集《乱发》开本瘦长（经书常有的形状），虽是印刷品，却是手写稿的翻印。那样子至今犹在我眼前。

与谢野晶子没给我写过美术明信片，这么说也许显得我很贪心，因为我已经从她那里得到了漂亮的偶人、锦绘。可是跟她同时代、同样很了不起的长谷川时雨[1]、冈田八千代[2]都曾给我写明信片。她们寄来的都是纯明治风的明信片。一张绘着平安时代的女子，另一张上是个白人小女孩，似乎是因为她的样子像儿时的我才被挑中。（平安女子那张明信片是长谷川时雨的，白人女孩那张则是冈田八千代的。）明信片上的笔墨流丽优美，新蘸的墨迹最浓，笔迹呈现出美丽的浓淡变化。那是在静谧的时光中，优秀的女性书写的恬静信函。

冈田八千代的明信片上说那女孩长得像我。那女孩非常可爱，这让我很是高兴，至今都记得明信片开头写着“像茉莉吧”。如果与谢野晶子送我的洋娃娃还在的话，我还想在这里刊出它的照片，只可惜它已经在战火中灭失了。

刚才我在文中说与谢野晶子没给我寄过美术明信片。其实

1　长谷川时雨（1879—1941）：日本剧作家、小说家。

2　冈田八千代（1883—1962）：日本小说家、剧作家。

我曾从她那里得到过远比美术明信片更珍贵的东西。我翻译了与晶子很相似的法国小说家吉普夫人的《露露小姐》，自费出版了译作。那时她读了我的译作十分高兴，撰文推荐了那本书。那篇序文里，晶子也像室生犀星、三岛由纪夫那样，把我夸得天花乱坠。也许这是不知要比美术明信片好多少倍的礼物。

无论是风采还是才能，与谢野晶子和吉普夫人都很相似。与谢野晶子在序文里也夸了吉普夫人。吉普夫人的文风同样新鲜活泼，她们都是才华横溢的人。论风采，与谢野晶子不是所谓的美人，但她身上隐隐散发出杰出人物特有的气质，双眼皮大眼睛尤其漂亮。看她的脸和身体，骨架大而结实，全身透着优雅。吉普夫人也是肩膀宽阔，体形结实，但娴雅美丽的气息萦绕在她周身。

与谢野晶子是明治、大正时期的人，一直穿和服。她三十多岁时穿过一件带花朵图案的和服，与她十分相衬。她不太显年轻，却以地道的艺术家的眼光，准确地选择了符合自己的面容、风采的美丽和服。身穿优雅的花朵图案和服的她，看上去就像一位身着高雅的印花连衣裙、眼睛漂亮的法国女演员。她的眼睛比年轻时的莎拉·贝恩哈特[1]还美，刘海蓬松如波浪般盖着额头。她的和服宽松地缠裹在身上，所以看上去像衣褶松垂的连衣裙。不理解她的人，说她穿着姑娘家的衣服。但在欣赏她的风度和她那双凛然美目的人看来，那身打扮很有味道。我呢，长了张娃娃脸，不是一般意义上的美女，这方面和与谢

1　莎拉·贝恩哈特（1844—1923）：法国女演员。

野晶子、吉普夫人一样。说得好听叫瑕疵美人，其实感觉就像泰国或印尼的十二三岁的女孩——当着客人的面，母亲让笑笑，便露出一副哭相——我就是那个样子。

有一天，我和妹妹看电影，电影中有一个类似的场景，妹妹脱口而出："姐，多像你呀。"我不得不同意她的看法。

至于吉普夫人的风姿，《露露小姐》书中有她的照片。她也不是一般意义上的美女，面容、身姿却极其优雅。她倚着外国宫廷中、贵族家中出现的那种雕刻的大理石矮柱，优雅地站着。和与谢野晶子把和服松松地裹在身上仿佛穿着宽松垂坠的连衣裙的做法异曲同工，吉普夫人把对襟洋装穿出了领子垂坠的和服的感觉。她的头上戴着头巾似的居家软帽，微微卷曲的漂亮银发下是一张温柔的脸。不过她和与谢野晶子不同，作为外国人来说眼睛有些小，让人不由想象她小时候一定是个顽皮的小姑娘。严肃的表情中，只有眼睛透出一丝笑意。

与谢野晶子像外国人，就像是俄国壮汉和法国美女结婚生的女儿。所以她看上去越发像吉普夫人。即使和吉普夫人一同出席巴黎某处的聚会，她的风采也毫不逊色吧。

前文也说过，与谢野晶子读了我翻译的《露露小姐》，认同了吉普夫人的文学风格，并感到非常高兴。我也高兴，高兴与谢野晶子因为我翻译的《露露小姐》知道了吉普夫人这个人的存在，并对她的才华产生了共鸣。吉普夫人没有认识与谢野晶子就去世了，这真是件憾事。如果她认识了与谢野晶子，读了晶子的诗，理解了晶子的《源氏物语》译作，她大概会想见见她本人。如果她俩见面交谈，大概会产生百分百的共鸣，彼此会心微笑，互相点头吧。

正如前文写的那样，与谢野晶子除了富有魅力的诗歌，除了仿佛同平安时代的那位女小说家有心灵感应般的传神《源氏物语》译文，她还拥有一份旁人所不能及的胆识和大气。有两首诗展现了她的胆识。一首是和歌，另一首我不清楚是长歌[1]还是长诗。（过去，父亲送我去每天早上教两小时法语的法英日女子中学——如今的白百合女子大学[2]——念书，此外父亲还让我学习日文和汉文，经常说“去学汉文和日文吧”。父亲对我连一句轻轻的责备都没有，一向是笑眯眯的。不管我多大，父亲都把我放在膝上，轻轻地拍着我的后背。可是，唯独说那句话的父亲是严厉的。父亲让我学的汉文、日文，不是我在女子中学里学的那种。汉文我是跟着父亲尊敬的那位吉田增藏先生学，他是汉学家，是宫内省[3]的官员。日文方面，我不知道当初父亲打算请谁教我。现在我被难住了，这是我当年把父亲的话当作耳边风所受的惩罚。）

那首长诗（抑或是长歌？）是一首反战诗。在日本毫无言论自由的日俄战争时期，她毅然在报纸上发表了那样的诗。当初她的弟弟被强征参战，她写下了那首以“你不要死”一句开头的长诗，标题就是那句“你不要死”。

简·方达大概认为自己才是反战斗士，如果她听说那么多年前日本就有这样的女诗人，会不会失落呢？她踏实、投入、精力充沛，而且我喜欢她作为一个继承亨利·方达血统的女演员那出色的表现。她和罗杰·瓦迪姆恋爱生子，不知如何安顿

1 和歌的一种体裁。五音句和七音句交替使用三次以上，最后以七音句结尾。

2 位于东京都千代田区的私立女校，1881年创立。

3 1869年日本政府设置的掌管皇室事务的行政机关，1949年改为宫内厅。

了孩子后，又游走诸国和新的男人恋爱。这点我也喜欢（人就该为自己活）。比起这所有的所有，其实我最喜欢她的嘴角，因此十分偏心她。这不是坏话。

与谢野晶子另一首和歌是将艺术比作一座大殿堂加以歌咏的好诗。它的第一句我照例记不清，不过我记得这句：

在艺术的大殿堂，我也敲下一枚金钉。

“帅气”似乎备受年轻人（无论男女）推崇。其实，创作这样的诗就很帅气。我每次在心里默诵这两句诗，背上就掠过一阵阵战栗——太帅了。

我还只是一个微不足道的小说作者，只有如今正在写的《甜蜜的房间》，已出版的《奢侈贫穷》和散文集《记忆的绘画》称得上是代表作品。不过，即使地位微不足道，我也有写小说的人的自尊心，对与谢野晶子这首黄金殿堂之歌深有共鸣。

我的《露露小姐》译作，让与谢野晶子认识了吉普夫人。此外，它还给我带来了一份幸福。那就是欣赏我小说的三岛由纪夫也通过它认识了吉普夫人，被她的文字感动了。

末了，我想补充的是，三岛由纪夫在一次座谈会上，说与谢野晶子翻译的《源氏物语》（不是“晶子源氏”）很出色。得知欣赏自己的人与自己意见相同，那感觉太妙了。

合我心意的“帅气”词语

我一准备要写关于语言的话题，就立即想起了对用词敏感且有洁癖的诗人和小说家们的文字。

词语，词，语言。

让·路易斯·巴劳特饰演的哈姆雷特，打扮得像个善良的魔鬼，穿着黑天鹅绒配银饰物的衣服，细长腿上裹着黑色紧身裤，一边慢慢地在舞台上走动，一边说：

“Les mots, les mots, les mots.”（词语，词语，词语。）

许许多多的词语构成了名为“小说”的家园和城堡，还有诗歌的高塔。美的语言和肢体的细语还能构成爱情。栩栩如生的词语，色彩斑斓的词语，香气各异的词语，死灰般的词语，僵死的、动弹不得的词语。词语，制造出深林美景，洒下摇曳光斑，漏下万千光束，制造阴翳、暗影，堆积、充塞着执拗的苔藓的热气，蘑菇和泥土的气息。词语的群落，营造出野兽的呼吸、搏斗的野兽的喘息呻吟，血水的滴答和气味；蛇窸窣匍匐、缠杀野兽，兽的尸体腐烂的气息。蛇群静静地吐着火焰般的芯子。树木垂下果实，新鲜菌类散发香气，小动物成群欢跳……

对我而言，词语一般都像上文所说的那样美妙。然而不可思议的是，我特别喜欢最近的孩子和年轻人说的流行语，尽管流行语跟我上文罗列的词语感觉完全不同。但它们正合我心意。由来已久的传统词语也合我心意，我新旧兼爱并不奇怪。在幽默小说和随笔里，我用上了流行语。那些时髦的语言很有魅力，一个个鲜活蹦跳，感觉恰到好处。我记住并用过一次之后，就不想再换用别的词儿了。

虽然以前也有那种老太婆，但自从电视渗透到绝大部分家庭，产生了大批电视迷儿童，同时也出现了一些电视迷老太婆。我虽没有电视，却似乎是她们当中的一员。只要脑子的触觉还活跃，即使不看电视，即使家里没有孩子，现代社会中的事物也总可以进入脑海。很久以前我就中意一些时髦词汇（在现在这个瞬息万变的时代，可以说那是“很久以前”了），有的词流传了下来，“帅气（格好いい）”即是一例。真是个帅气的词，它适用于形容一个人的穿着打扮好看，或勇敢、厉害、擅长某事，或是漂亮地收拾了讨厌的家伙等多种多样的语境，使用范围广阔无边。基本上，用来表示“痛快”的感觉。

我曾经试着学现在年轻人那样，说：“真帅！”只可惜被我一说就一点也不帅了。我便留心听他们的发音，原来他们的发音略有不同。最近，我在杂志上看到让·克劳德·布里亚利穿着拿破仑时期样式的黑大衣和棒针高领毛衣，微笑而立的照片，还有赛尔维·瓦丹在劳斯莱斯的后座上舒展的睡姿。那感觉好像哈瓦那极品雪茄的香气，像法国优雅的氤氲在升腾，简直是帅气的极致。

我爱用的词有“帅气”“妙”“灵光”等，“差劲”“无耻”“乐颠颠”也是有趣的词语。“非常”和“相当”也有意思，所以生命力很强。“超群”这个词，我不大喜欢；“绝妙”

就足够好用了，但头痛的是，它的新鲜感不够持久。最近，大桥巨泉[1]造了一些词：高尔夫球滑过洞口的样子叫“溜偏”，钢笔书写顺畅谓之“滑纸”。这些词有一份特别的趣味，虽没有成为日常用语却很有新意。有个常来我这里玩的姑娘，她把“滑纸”活用在了形容其他状态的场合。

最后再写一件事。最近报上说有位女演员玩词语游戏，每说一个词就在该词的音节后面一一加上其他行与之相对应的假名（比如美国“Amerika”加上“Ga”行音节，说成“Agamegerigika”）。那个游戏是很久以前——大约四十年前——我和妹妹玩的游戏，那时我们给词语加上“Ra”行音节：“Annnu Tyann”（妹妹的爱称）说成“Aranuru Tiriyarann”，这么一来，玫瑰“Bara”就成了“Bararara”。我们还发明不属于任何语言只属于我们的词语来做游戏，把“鸡”读作“Gaaha”，“花”轻读作“Konn”[2]，等等。

1　日本著名主持人、评论家。

2　在日语中，“鸡”读作“Niwatori”，“花”读作“Hana”。

情感教育

就在两天前，我不得不走进了电视台的那间毫无温情、毫无亲切感的（我很久以前就清楚，那是一个刑讯室般的地方。因为我开始写小说后，电视台每一两年就把我请过去，花上一刻钟就我的小说提出问题。）、空荡荡的木屋。（那里很像学校的师生平时不会进去的、用于家长和教师面谈的房间。屋子虽是木结构，却因为有放映机，大桌子部件和椅子腿都闪着不锈钢的光，给人金属的冷冰感。）我是被喊去录一个叫"ELEVEN PM"（名字莫名其妙）的节目。

摄影机的白热灯光从斜上方"啪"地照在我的脸上，我因极度恐惧而抓着椅子（我害怕自己的脸孔被拍得很丑，害怕自己平时那副随意的驼背老太婆的样子被拍在电视上）。有人问我："要是孩子问你男孩为什么站着撒尿，你会怎么回答呢？要是孩子问你女孩嫁人后为什么肚子会变大，你又会怎么回答呢？"完全不是事先电话里沟通过的采访内容，这令我措手不及。我只好笑了笑，说："这不好回答啊。"陷入了一种软弱无力的动物的精神状态，而后突然感到自己精神的另一面走上前台。我一边嘀咕"搞什么啊"，一边又想：即使在文学的世界中没有让世人景仰的地位，我好歹也被视为小说家。作为写小说的人，我得给出一个响亮的回答。我带着突然想出小说开头的那种感觉说了起来，话语滔滔不绝，以至于我自己都吃了一惊。我是这么说的："我会在孩子问这种问题之前就想好答案，我会简单清楚地说明父母亲身体的差异和宝宝出生的过程。回答时眼神不能游移，不能让孩子感觉到异样。这样对现代孩子比较好。我擅长把这方面的事情解释得恰到好处，比如我会说：'会变成宝宝的小卵从爸爸体内流出来，与妈妈体内的卵合为一体。'"

对于"如果你儿子问你这种问题，你怎么回答？"我答道："我儿子小时候是大正初期，我要是说那种话，孩子会吓到的吧。我刚才说的是给现在的孩子的答复。"我又补充说，虽然我是个糊涂母亲，但糊涂母亲有糊涂母亲的想法；她对自己的人格有信心，对母爱有信心，会把自己当成伟大的医生、科学家来回答孩子的问题。

对方接着又问：你问过你父亲这种问题吗？我十分晚熟，没有过那种疑问。不过，我经常坐在父亲膝上；父亲轻轻摇动膝盖，抚摸我的后背。那时我不仅有被遮蔽在父亲的大树下的安心感，而且感到一份美好的情感。父亲树的枝条宽阔地伸展开来，温柔地遮蔽着我；枝条上，细小的叶子和又白又小的香花长成一片，随着微风簌簌摇动。父亲不在的时候，我钻进院子里那棵名叫"金龙边"的灌木，感觉像回到了母亲肚子里，同时那也是父亲膝头的替代。我小小的身子完全钻到灌木下。因为那棵树像父亲，它铃兰似的白色小花长在细茎末梢上，如短短的雨丝般从上面垂下来。父亲并不是有意那样做，但他是个情感丰沛的人，所以就那样了。我虽然没有受过性教育，却总觉得自己受到了情感教育。

我在电视台忘说了，如果可能的话，孩子还是在情感教育中成长比较好。我认为性是这样一个东西，即使不教，孩子也会自然而然地明白。一般说来，孩子并非带着浓厚的求知欲问那类问题，所以比如："男孩为什么站着撒尿？"回答说"因为男孩站着的姿态好"即可。我本想那样回答电视台的人，但我感觉到他们之所以那么问是想听我说点别的，所以我不得不顺势而为。我认为现在明知故问的孩子也不能说没有，但我生的孩子不会是那种小鬼头。

谈罢那个话题，我又从上一代市川左团次与市川松茑[1]的爱情戏（冈本绮堂[2]的戏剧）说起，一直扯到我十六岁时所受的美好的情感教育。最后，我得意扬扬地走下了电视台的"电椅"。

1　指第二代市川左团次（1880—1940）和第二代市川松茑（1886—1940），二者皆为歌舞伎演员名号。

2　冈本绮堂（1872—1939）：日本剧作家、小说家。

何谓文学

我以前翻译法国的小说，那时经常在神田的旧书店街瞎转，买根本不会去读的法国文学书。有一天，我随手乱翻巴尔扎克的书，发现了精彩的文章。那都是二到五六行的短文章，分别拟了“Café”（咖啡）、“Tabac”（烟）、“Thé”（红茶）、“Sucre”（糖）、“L'eau de vie”（烧酒）等标题。儒勒·列那尔写动物、虫子几乎都是短短的一行文字，那是出了名的。巴尔扎克用的也是那种形式（我清楚地记得，在儒勒·列那尔的文章中，写到蛇，他写“太长了”，写蚂蚁：“三只、三只、三只……连绵不断”）。巴尔扎克那本书的书页糙糙的，仿佛喷香面包的质感，上面印着仿佛雕刻而成的美丽罗马字，那样子如今犹在我眼前。在那之前，我原以为文学又高又远，是自己无法触碰的存在；而那一瞬，文学仿佛突然来到了我近前。我感觉，自己或许也能写出精彩的文字；因为巴尔扎克的那些文章短短的，看上去仿佛只是凭着感觉写就。

不用说，经过了漫长的将近四十载岁月，我也没能写出巴尔扎克那样精彩的文字，只能写写傻气的、电影故事般的爱情小说，随笔式的带有讽刺意味的（有吗？）文明批评（算不算呢？），幽默小说，小说式的随笔，完全还不入流。只有那部写了八九年、如今还在苦熬的小说，算是不辱小说之名。至于我刚才所说的随笔式小说、小说式随笔，其中有两本是我的得意之作。若是现在写的这部小说没有完稿我就死了，那么让那两本作为我的代表作品传世也罢。

我这个人，不曾为什么兴高采烈，不曾懊悔得鼻子歪眼斜，也不曾悲伤得像能剧《花筐》中的台词说的那样“哭天抢地”；生平第一次和一个叫“丈夫”的男人上床，也不曾感到有多异样。我的心周围仿佛围着一层软绵绵的玻璃体，即使从别人那里领受好意、领受爱，好意和爱也会在穿过那层玻璃进入我内心时变得淡薄，变得有点无聊傻气。我这简直就是忘恩负义。不久前我才发现自己是这种样子。我有一段时期和母亲、妹妹、弟弟一起生活，那时母亲一说去郊游，弟弟脸上马上满是欢喜的笑；妹妹跑去壁橱里取水壶，她的身影、和服的甩袖中都涌动着一团喜气。我虽然也欢喜得很，但我的欢喜似乎给人一种印象——好像大海，表面翻卷着热闹的浪花，深处却是平静冷漠。母亲和弟妹都说我假，不喜欢我这样的。

我就是这种脾气，即使自己的小说、小说式的东西没有获得文学奖、入选文学全集，我也不会表现出懊悔，但心里多少会觉得那些名堂真无聊。

至于那些获奖小说，它们都有我所不及之处，所以我并没有什么意见。不过之前一本幽默小说获奖，有人点评说：“在日本，以前有男作家写的幽默小说，还没有过女作家写幽默小说。这部作品开创了这个先河。”这件事让我深感无聊。那本小说写的是一个脑子少根筋的太太的故事。一个世上偶尔也有的那种不太机灵的太太搞写作，把自己的生活写成了一本小说。小说挺有趣，所以我并不认为它不配获奖，只是我不认为那里面包含文明批评与讽刺。我这么说，或许有人会反问:“那你自己的幽默小说里就有那些内容吗?”这问题不好回答。不过，我认为自己的幽默小说中有近似于讽刺、近似于文明批评的东西。我认为我的讽刺、文明批评虽不高明，却真实。至于为什么说真实，因为那虽然是个没什么学问、只有女子中学毕业文化程度的人写的东西，却是用刚出生的婴孩那样的目光观察的东西。我相信，孩子和大文学家（特别是诗人或有诗人天赋的大文学家，大文学家即使从来没有写过诗，也一定有诗人天赋）才有真实的目光。如果没有“孩子和大文学家的目光是真实的目光”这样的信念，我就写不出什么小说，一行也写不出。

我还是个外行。我如今正在写的那本小说已经写了八年，那是因为我是个外行。外行写长篇小说常会感到无从下笔。最近，那本小说最后的爱情场面的构思与我以前想的不一样了，所以我又碰了好几次壁。一年多后，有天我忽然想到了一个好构思。我必须极力把女主人公去情人寓所那天早上情人的心情、一举一动往反方向诠释，对那部分进行改写。我在信中把我的新构思告诉编辑，还说我这次才觉得自己真是外行。编辑则说，外行才好，内行会糊弄过去，继续往下写。至于我的男男恋爱小说，起源于我最喜欢的法国男演员和一个美貌演员在一起的一张照片，我看了照片，突然进入了一个恍惚的世界，仿佛看见两个演员的微笑，看见他们从椅子上起身。我痴迷地追逐他们的一举一动，小说三四个月就写完了。我表现得比真正的我更像个行家，这一度让我非常自负。但因为缺少亲力创作的实感，我又有些不安。那份可怕的不安如今成为现实，所以我像垂死挣扎的人一样，年复一年痛苦得辗转反侧。

今天我对一位小说家说了失礼的话，但我不是为自己没获奖抱屈，也不是贬斥那些获奖的人。也许有一天我还会碰到那位小说家，与她四目相对，但我绝对不会胆怯，也不会感到惭愧。因为作为一个写小说的人，我说出了心里真正的想法。文学奖是一种我不了解的事物，我一琢磨它，写复杂的小说所必需的精力就会遭到损耗。

想来文学就是审视文明、愚昧、美、丑的伟大文学家，还有在此之上再要点花招的作家的造物。拿写小说来说，那需要有几分狡诈和奸邪的目光，没有天赋是做不来的；因为牢牢吸引读者的文章其实就是专业编织的圈套，是一种欺诈。与之相比，用孩子的目光观察并写就的文章，多少要强一些吧，我想。

梦幻书架

我几乎是个忘了何为“努力”的人，没有读书的积极性，甚至完全没有求知欲。那种又厚又大的书，我一看就会泄气。托尔斯泰的《安娜·卡列尼娜》、艾米莉·勃朗特的《呼啸山庄》等有趣的书也一样，我知道自己怎么也读不进去书，所以也不会买书。我的藏书，除了别人送的，就只有八本。丈夫山田珠树曾经跟我讲过乔治·罗登巴赫的*Bruges la Morte*（《死城布鲁日》。如果贴近作者的感觉翻译，书名就是《死去的女人的城市：布鲁日》）的情节，我觉得很有趣。离婚时我并没有打算把它偷出来，它却跑到了我的行李中，我便姑且把它当作自己的藏书。它里面有许多街头寺院、运河等布鲁日的风景照片，有许多古代布鲁日的插图，是法国文学研究者踏破铁鞋也再找不到的珍本。在我和山田珠树的生活中，他的妄想导致我受到了伤害。老天爷便让山田珠树海量藏书中的两本——《死城布鲁日》和《高老头》——钻进了我的行李。《高老头》在我生活困窘的时候卖掉了，它也是色彩浓艳的珍本。剩下的只有这些书：皮埃尔·路易[1]的《女人与偶人》《宁芙的黄昏》，柯南·道尔的福尔摩斯侦探小说之一《血字的研究》（像是英国

1　皮埃尔·路易（1870—1925）：法国小说家、诗人。

原版书的模本，封面深红色的底子上有一些小黑点），都德的《雅克》前后篇，皮埃尔·洛蒂的《梅子太太的第三度青春》《菊子夫人》，森鸥外的《德国日记》（后四本是我光明正大地从儿子家拿来的）。

我如今正在写的那本长篇小说完稿后，我想带上平时喝的抹茶、明治时期的苦味巧克力、川宁红茶、英国饼干，在温泉旅馆住一星期，在那里睡觉、沐浴、吃东西、读全套周刊杂志和漫画杂志《COM》，好好放松一下。之后，我想在自己屋里进行大扫除（有三人帮忙），再现昔日“奢侈贫穷”时代的理想房间，买一个能够放偶人、杯子和书的结实的架子放在屋里，买齐与现有的那本《血字的研究》同样装帧的福尔摩斯侦探小说（如果可以的话，原版书也买），在架子上摆放书籍：黑岩泪香翻译改编的小说的全集，吉普夫人的《露露小姐》，还有一本“妖怪传”（我打算说说好话请北杜夫把那书让给我。不过也许无论我怎么说好话，北杜夫都会客客气气地拒绝我。），蛇和鱼的彩色图鉴（精美的外国书。此书我不是为了欣赏，而是专门为了让自己浑身起鸡皮疙瘩。），昭和二十六年、二十七年[1]以后的《电影之友》《银幕》，冈本绮堂的《半七捕物帐》，F. W. 克劳夫兹、阿加莎·克里斯蒂所有的小说，《西顿野生动物故事集》，《野生的爱尔莎》全三册等，很多书相当难找。而且我想用上等栎木做书架，那几乎不可能搞到手；所以这个书架似乎将成为梦幻中的书架。

1　即1951年、1952年。

摔跤能手

我年轻时经常摔跤。三四岁时人都爱摔跤，可我直到年满十七岁，和丈夫在下谷区[1]谷中的清水町组建了新婚家庭时（其实，能否称之为“家庭”值得怀疑），打小爱摔跤的毛病还没治好。好像我的身子和腿天生没接好似的。被绊了一下险些摔倒的情况就不说了，平均一年总要摔上五次大跤——就是像小孩儿那样展展地扑在地上，或是像只被摔在地上的青蛙。

我三四岁时，母亲让我穿价钱便宜的轻胶鞋。那时候的小孩子穿的一般是绑扎式草鞋、绑扎式木屐。如今谁都不穿那种鞋子，年轻的读者可能会不明白，但历史剧中的武士、女子脚上用细绳纵横交错地绑着草鞋，大家都在电视上看到过吧。孩子们用布片等东西把那么小的木屐、草鞋紧紧地绑扎在小脚上，那就是绑扎式草鞋。母亲（我想父亲大概也一样）似乎打心眼儿里讨厌那东西。事实上，那时穿绑扎式木屐的孩子，如果是女孩，通常会穿一条比国旗稍小一点的红色内裙。这种下町风格的装束，在我们山手人家[2]看来是有些粗鄙的。母亲出

1　今东京都台东区西部。

2　前文的下町指平民区，东京市内的山手一带则是社会地位较高的阶层居住的区域。

身于芝区[1]明舟町羽左卫门家旁边的一户人家，是下町人家的孩子，但她或许是天生喜欢高雅、喜欢大宅邸，当别人问她“以后你要嫁给谁呀?”，她便说:“我要当皇后。”据说父亲听说此事笑道：明治天皇没娶个歇斯底里的皇后真是万幸。母亲就是那样的女子，她跟贵族趣味的父亲一拍即合。所以我是一个被精心培养的纯粹“山手人”，身穿精美的友禅提花纺绸或绉绸的长元禄袖和服、大红长棉坎肩，戴着用雪白毛皮做的拿破仑时代的女式波浪边帽子，披着白色毛皮斗篷，脚上穿着黑色套脚鞋（外出时穿黑色漆皮鞋）。至于木屐，我始终没有适应它达到行走自如的地步。

我十多岁、二十多岁时一直经常摔跤，现在也想穿胶鞋。如今我上了年纪，听见别人对我说“您可要多加小心”之类的体贴话，我就心头火起，在心里大声说“我二十多岁时就这样嘛”。要知道，把我从本文开头到此处所做的解释向别人一一说明令我不胜其烦。世人简直一无所知。他们一无所知，看见别人的步子不稳就大呼小叫，觉得自己是爱护老人的好人。室生犀星也和我一样，别人说“您这样很危险啊”，他心里就仿佛蹿起一团炙烤鳗鱼的那种火苗，与其说是生气不如说是发火。那情绪清楚地写在他那张板起的脸上，我明白他的心情。

言归正传（我的话引子实在太长了），由于老是摔跤，我成了无人能比的摔跤能手。只要在平坦的人行道上摔跤，我就会摔得很巧妙，膝盖擦破皮也只是一点点。有一天在下北泽南口，我踩空了楼梯，从十级高的台阶上摔了下来。我飞快地护

1　东京旧区名，后并入今天的港区。——编注

住脸、护住胳膊又护住膝盖，每一处都没怎么挨撞。只有右手腕碰到了楼梯下面的碎石路，撞得也不严重，只是静脉微微鼓起一个小包，也不怎么疼。不过，我在意那个小包，不敢带着它回到空无一人的公寓，便去了常去的咖啡馆。那天我在那里碰上的第一位年轻女孩说要陪我去医院看看。我们俩走遍了那一带的小医院（不好意思，因为建筑都不大，所以不是大医院）。那次医院里的人着实让我绝望了。我经常读到急症病人半夜被五六家医院推来推去最后死掉的报道，而我通过那次经历得知，真得了什么急症，在陌生医院间转来转去真会出人命。慌乱之中，我走进了一家耳鼻喉科医院。一个像是护士长的女人抱着裹在白大褂里的胳膊，冷冷地、轻蔑地对我说了句“我们这儿是耳鼻喉科”。她的面孔我至今也忘不了。无论是耳鼻喉科还是其他什么科，医生应该都有基础医学知识。他们对一个按着手腕心情紧张的女人毫无关心，不会看看她的手腕说句：“没事。我现在正忙，让护士给你涂点碘酒就好了。”这真是令人头痛。我的父亲和哥哥都是医生，丈夫以前也在与大学医院同处一片区域的政府机关上班。我在那以前没见过陌生的医生，所以那次我震惊了。竟然每家医院的人都不肯看一眼我的手腕。

因为那段静脉肿成了小豆粒状，就让一个比自己小三十岁的女子陪着去医院，我真是脑子有毛病，的确如此。我通过收音机洗耳恭听过很多顶着医生头衔的人就“病人心理与医患关系”等主题高谈阔论半小时。总之，头脑不好而胆小的人和冷漠的人碰到一起就是不幸，对双方都是不幸。在那些对我冷冰冰的护士、护士长眼中，我这样的患者就是叫人心烦吧。也许她们想，要是个孩子的话，还能有耐心应对。

记得以前，牙医铃木操（男医生）也拿我这个患者没办法。当时我已经四十多岁了，却每次都让人陪着来医院，还要迟到三十分钟。母亲还打来电话要求医生说：您要是刚开始给别人治疗，就请先停一下。那时，铃木把愕然的表情巧妙地隐藏在和气的笑容下，说："森女士，在美国，小孩子说好三点到，到时你把门打开，他就会站在那里哩。"像我这样的人，如果不一直无病无灾，如果不写小说，如果做菜吃菜还高兴不起来，就会给周围的人制造麻烦。

写这篇文章的时候，昔日下北泽医院的女医生、护士冷淡的态度浮上我的脑海，导致话题跑偏了，关键内容还没写：还有一件事可以证明我是摔跤能手。有一天我坐公共汽车，下车时一只脚迈下来，另一只脚还没完全着地时车子开动了。如果猛然倒地，弄不好会撞到头。会死吗？这一念闪过后，我慢悠悠地躺倒在了车下。正如读者诸君推想的那样，人们当时齐齐看向我，吃惊极了。